EL MONDO

13
16
20
24
1
2
8
26
Zia Honey
Zio Bill
23
Zio Helmut
24
Zio Chadwick
25
Raul
14
Zio Kim
15
Dolores
16
Zio Lester
17
Zio Walter
26
Zio Ulysses
18
Zio Tony
19
Nonna Jubilee
20
Zio Chen
27
Hugo

Agatha Mistery

Per l'edizione italiana
© DeA Planeta Libri S.r.l.
www.deaplanetalibri.it
Redazione: via Inverigo 2 - 20151 Milano

Ideazione e soggetto: Mario Pasqualotto
Collaborazione editoriale: Luca Blengino
Editing: Giovanna Canzi
Colore: Francesco Baldassarre
Grafica: Paola Cantoni

Prima edizione: settembre 2018
Catalogo U8100625
ISBN 978-88-511-6419-5

Stampa: DRUK-INTRO SPÓŁKA AKCYJNA - Polonia - 2018

Sir Steve Stevenson

Crimine a Vienna

Illustrazioni di
Stefano Turconi

DeAGOSTINI

Ventisettesima missione

Partecipanti

Agatha
Dodici anni, aspirante scrittrice di gialli, possiede una memoria formidabile.

Larry
Studente pasticcione della prestigiosa scuola per detective Eye International.

Mr Kent
Ex pugile e maggiordomo dall'inappuntabile stile british.

Watson
Gatto siberiano pestifero con il fiuto di un segugio.

Hugo
Vent'anni. Riccioli a molla, sorriso splendente. Vuole scoprire tutti i segreti dell'alta pasticceria.

Destinazione:
Vienna - Austria

Obiettivo

Volare a Vienna e partecipare al Gran Ballo di Villa Hauptmann per impedire che qualcuno rubi alla contessina de Reginard un prezioso collier.

INIZIA L'INDAGINE

Si sa che il tempo di Londra è cupo e uggioso, ma quel mattino di febbraio il cielo era così grigio e triste che persino i piccioni si rifiutavano di svolazzare da un tetto all'altro della città. La pioggia batteva monotona sulle vetrate della Paddles School Dance, una delle più qualificate scuole di danza della Gran Bretagna. All'interno dell'edificio, nell'elegante palestra, numerosi ragazzi si scaldavano provando qualche passo sulle assi del pavimento tirato a lucido.

«Sono proprio curiosa di vedervi all'opera» esclamò Miss Stepping battendo con enfasi le sue manine curate. «Domani sera vi aspetta una prova durissima!»

Larry Mistery osservò la donna: tutina rosa e boccoli biondo platino, non dimostrava i suoi sessant'anni. Ai piedi indossava un paio di lucide scarpette nere, che subito fece schioccare in una rapida sequenza di passi.

«La tap dance, meglio nota come tip-tap, è un'arte» riprese. «Venerdì, durante il saggio di danza, mostrerete di che stoffa siete fatti! Chi se la sente di ballare in prima fila?»

Si fece avanti Ginger Kelly.

Miss Stepping premette un tasto su un telecomando e nella stanza risuonarono le note di uno scatenato pezzo jazz.

Subito la ragazza cominciò a far ticchettare i tacchi a tempo di musica.

Larry osservò la ballerina con un sorriso sognante: era per lei che si era iscritto al corso tre mesi prima. Desideroso di far colpo su quella spumeggiante brunetta, non aveva esitato a seguirla in una nuova, mirabolante avventura. La cosa incredibile era che in poco tempo si era innamorato anche… della danza!

Miss Stepping dice che ho talento, rifletté tra sé Larry. *Ora è tutto chiaro: basta esami massacranti, basta missioni ai quattro angoli del mondo per risolvere i casi più strani. Solo la danza mi fa sentire felice, leggero, senza pensieri. Diventerò il più famoso ballerino del mondo!*

Secco come una scopa e pallido come un vampiro, Larry Mistery frequentava la Eye International, la scuola di investigazione britannica che lo spediva ovunque, dal deserto assolato al gelido Polo Nord fino alle isole più sperdute dell'Oceania, per seguire indagini avvincenti e complicate.

Il ritmo aumentò, mentre Ginger si esibiva in una combinazione da capogiro. Il sorriso del quattordicenne si allargò ancora. Già si immaginava tra qualche anno a piroettare sui palcoscenici di Broadway: naturalmente Ginger sarebbe stata accanto a lui, e le loro esibizioni avrebbero stregato il mondo intero.

Ginger & Larry… suonava bene! Anzi no, suonava benissimo…

«Eccellente, ti sei meritata la prima fila» trillò Miss Stepping mettendo in pausa lo stereo e interrompendo le fantasie del giovane. «Qualcun altro vuole provare? Larry?»

L'aspirante ballerino si irrigidì di colpo: «Uh-oh… d'accordo».

In pochi istanti raggiunse il centro della sala.

Mentre i compagni lo guardavano con curiosità, Larry notò che Ginger gli faceva l'occhiolino.

«Mi aspetto molto da te» dichiarò decisa Miss Stepping a voce alta, infiammando le guance di Larry per l'emozione. «Sei promettente, vediamo come te la cavi con questo swing.»

Il ragazzo cercò di calmarsi, prese un gran respiro e si sintonizzò sulle prime note di contrabbasso.

In pochi secondi i suoi piedi iniziarono a tamburellare sul parquet a ritmo di musica.

«Bene, continua così» lo incalzò l'insegnante.

Ma sul secondo passaggio uno squillo invadente e acuto coprì la musica. Distratto dal frastuono improvviso, Larry calpestò con la scarpetta destra i lacci della sinistra e fece un gran capitombolo sul pavimento di legno!

Gli altri scoppiarono a ridere, mentre l'insegnante, indispettita, sollevò un sopracciglio.

«Cavoli, scusate!» farfugliò il ragazzo cercando di rialzarsi. «Temo si tratti... ehm, del mio telefono. Una chiamata urgentissima: torno subito!»

Poi imboccò l'uscita di gran carriera. Un attimo dopo era all'esterno, sotto la pioggia, intento a frugarsi freneticamente le tasche alla ricerca dell'EyeNet, il prezioso congegno in titanio che ogni detective della Eye International aveva in dotazione.

Perché tutta quella fretta?

Il ragazzo era certo che si trattava di una chiamata di UM60, il suo insegnante di Pratiche Investigative. E poteva significare una sola cosa: guai in vista!

«Alla buon'ora, agente LM14» sbuffò l'uomo comparendo sullo schermo. «Mi hanno detto che te la cavi bene con il ballo. È vero?»

«Be', sì» rispose Larry stupito. «In effetti, sarei impegnato con le prove per il saggio di domani...»

«Allora sei davvero perfetto per la missione che ti voglio affidare» tagliò corto l'uomo. «Oggi pomeriggio alle cinque e mezza dovrai essere a Vienna, in Austria.»

Il ragazzo lanciò un'occhiata disperata alle finestre della scuola di danza.

Gli altri ballerini si erano affacciati e lo spiavano incuriositi.

«La meta è Villa Hauptmann» proseguì UM60. «Una lussuosa palazzina situata sulla Ringstraße, l'anello di viali che circonda la città. Questa sera il barone, il ricchissimo padrone di casa, terrà come da tradizione un Gran Ballo a cui parteciperanno i giovani rampolli delle più nobili casate europee, in una serata a ritmo di valzer.»

«Ma io sto imparando il tip-tap, conosco a stento qualche passo di valzer!» protestò Larry.

«L'evento rischia, però, di essere funestato da un crimine» continuò imperterrito l'uomo, ignorando le lamentele di Larry. «Il tuo compito sarà quello di trasformarti in una guardia del corpo e sorvegliare per l'intera serata la contessina de Reginard, figlia del nostro cliente.»

«Guardia del corpo?» ripeté il ragazzo, sempre più confuso.

«Per i dettagli potrai consultare i documenti che ti stiamo inviando, ma lascia che ti dica un'ultima cosa. Tra i presenti alla festa ci saranno conti, duchi e principi appartenenti al mondo dell'aristocrazia europea. Tutti possibili clienti! La riuscita della missione sarà una formidabile dimostrazione di affidabilità da parte nostra. Ricordalo!»

«Quindi quest'indagine sarebbe anche una specie di spot pubblicitario per la Eye International?» azzardò timidamente il ragazzo.

«Proprio così» ammise UM60. «Al contrario, una figuraccia sarebbe catastrofica per il nostro buon nome. E in quel caso, credimi, ti pentirai amaramente di esserti iscritto alla scuola. Adesso fila a prepararti, manca poco più di un'ora al volo per Vienna.»

L'immagine sullo schermo scomparve.

Larry lanciò un'occhiata a Ginger e agli altri compagni, che lo fissavano perplessi.

Poi si incamminò di corsa lungo la strada.

La gloria del palcoscenico poteva aspettare, per ora...

Fortunatamente Mistery House non era lontana. La prima cosa che Larry Mistery doveva fare, come sempre, era correre a chiedere aiuto ad Agatha, la sua prodigiosa cuginetta.

1. La stanza del cucito

Agatha osservò la finestra, dove la pioggia aveva disegnato una ragnatela di goccioline e righe oblique. Gli alberi del parco di Mistery House erano spogli e sopportavano i potenti scrosci di pioggia che si abbattevano sulla serra.

Dopo un istante, la dodicenne riprese ago e filo e ricominciò a rammendare la manica della giacca su cui era al lavoro. Quel mattino lei e Mr Kent si trovavano nella stanza del cucito situata al pianterreno dell'antica magione vittoriana. Ovunque, nella camera, regnava un allegro caos fatto di cartamodelli, scampoli di tessuto, metri da sarto e manichini. Ma la vera attrazione di quel luogo dal sapore magico erano due vecchie macchine da cucire a pedali appartenute a Mila Mistery, una stilista di fama internazionale.

«Secondo zia Mila, il cucito aiuta controllare i dettagli e a mantenere alta la concentrazione» disse la padroncina di casa. «Due doti fondamentali per una buona aspirante scrittrice.»

«Il signorino Larry sarà molto contento» commentò Mr Kent. «La giacca che sta sistemando è perfetta per il suo saggio di tip-tap. Domani, durante il suo debutto, sarà elegantissimo!»

Il robusto tuttofare di Mistery House era impegnato a passare in rassegna i variopinti vestiti che si trovavano negli armadi della stanza. Tra questi, sfilavano una divisa da esploratrice appartenuta a zia Melania, un costume da ballerino di flamenco di zio Manuel, un grembiule da chef di zia Honey...

Tutti i membri della numerosa famiglia Mistery si dedicavano a professioni piuttosto singolari. I genitori di Agatha, per esempio, erano due scienziati giramondo e in quel periodo si trovavano sull'isola di Pingelap, in Micronesia, per studiare la sua stupefacente barriera corallina.

In quanto alla ragazza, da grande sarebbe diventata la più grande autrice di gialli di tutti i tempi, ne era sicura!

«Se non ricordo male questo vecchio completo

da sera lo indossava spesso zio Samuel, il papà di Larry, da giovane» ricordò la ragazza. «Sono d'accordo con te, Mr Kent, credo che al mio cuginetto andrà a pennello! È così preso dalla danza… ci tengo che faccia un figurone.»

Watson, che fino a quel momento stava sonnecchiando in una cesta piena di ritagli di stoffa, drizzò un orecchio. Un istante dopo, una raffica di colpi secchi rimbombò nell'aria. Il siberiano a pelo bianco schizzò a nascondersi in un armadio.

L'ex pugile, allarmato dal baccano improvviso, si voltò di scatto verso la porta della stanza. Solo Agatha rimase calma e composta.

«Probabilmente abbiamo di nuovo dimenticato di chiudere a chiave il portone» commentò serafica. «Riconosco quel suono. È inconfondibile: scarpette da tip-tap sul parquet del nostro salone. E di chi potrebbero essere se non di… Larry? Scommetto che è stato contattato dai suoi superiori mentre era a lezione e si è precipitato qui senza nemmeno cambiarsi. Mr Kent, prepariamo subito le valigie: c'è una nuova missione in vista!»

Come al solito, le intuizioni di Agatha, investigatrice provetta, erano corrette: dopo un istante la porta si spalancò e Larry comparve sulla soglia. Era fradicio di pioggia e, come aveva previsto la cugina, indossava ancora le sue scarpe da ballo. Più pallido che mai, squadrò gli altri con gli occhi allarmati.

«Se questa volta faccio cilecca sono spacciato!» disse tutto d'un fiato. «Tra meno di un'ora dobbiamo essere all'aeroporto di Luton, da cui partirà un volo per Vienna. Bisogna raggiungere una certa Villa Hauptmann, dove questa sera si terrà...»

«Uno dei più celebri Kinderball di tutta l'Austria» continuò Agatha appoggiando l'ago sul tavolino da cucito. «E cioè una serata danzante per giovanissimi sangue blu provenienti da tutta Europa, organizzata sul modello del Gran Ballo delle debuttanti che si tiene proprio in febbraio al teatro dell'Opera della città.»

Il cugino la fissò sbalordito.

«E... e tu come fai a saperlo?» chiese con un filo di voce.

«Leggo molti quotidiani» sorrise lei. «La serata danzante del barone Hauptmann è uno degli eventi mondani più celebri di Vienna, fin dal lontano 1817. Partecipare a una festa del genere potrebbe essere interessante.»

«Con il vostro permesso, vado a preparare i bagagli» dichiarò Mr Kent laconico. Dopodiché si allontanò.

Watson, incuriosito, mise la testa fuori dal suo nascondiglio.

«È possibile sapere qualcosa di più riguardo la tua nuova indagine?» domandò Agatha.

Larry cominciò a spulciare i documenti che UM60 gli aveva spedito sull'EyeNet.

«Si tratta di una missione di sorveglianza» spiegò. «Dovremo tenere d'occhio la contessina Chloé de Reginard, discendente dei conti di Brabante, Lothier e Limburgo, una nobile famiglia di origini belghe, che quest'anno farà il suo debutto nella

buona società. Durante il ricevimento, la quindicenne sfoggerà il gioiello più prezioso della sua famiglia: la Lacrima di Birmania.»

Agatha si avvicinò al ragazzo. Sullo schermo del dispositivo in titanio era comparsa la foto di un collier d'oro, con incastonato al centro uno smeraldo grosso come una noce.

«Pare che il gioiello sia stato donato ai Reginard oltre duecento anni fa da un sultano, e da allora tutte le discendenti della famiglia lo indossano durante il loro primo ballo» continuò Larry scorrendo lo schermo. «Per il resto del tempo, quel monile dal valore incalcolabile è custodito nel caveau super blindato di una banca svizzera. Il guaio è che ieri Bertrand de Reginard, il padre di Chloé, ha ricevuto un messaggio anonimo di avvertimento. Eccone una copia.»

Adesso sull'EyeNet era comparsa la scansione di una lettera.

Poche righe battute a macchina da scrivere:

Attenzione, Eccellenza:
durante il Gran Ballo di giovedì
qualcuno cercherà di rubare
la Lacrima.
Firmato:
un amico che preferisce
rimanere anonimo.

«Potrebbe essere uno scherzo di cattivo gusto» considerò Agatha. «Ma credo che il messaggio abbia spaventato il conte de Reginard, spingendolo a chiedere l'aiuto della Eye International.»

«Proprio così» sospirò Larry infastidito. «Questa

sera, invece che allenarmi per il saggio, dovrò fare da balia a una contessina belga e impedire che qualcuno rubi la sua preziosissima collana.»

Dopodiché cominciò a camminare nella stanza.

«E non è tutto» continuò nervoso. «Dato che la festa sarà affollata di persone importanti, UM60 vuole far colpo su dei potenziali clienti per l'agenzia. Se qualcosa dovesse davvero andare storto, finirei nel peggior guaio della mia vita!»

La cugina si chinò per fare un grattino sulle orecchie di Watson.

«Basterà tenere gli occhi bene aperti e capire chi, tra i presenti al ricevimento, possa voler sottrarre la Lacrima di Birmania» lo rassicurò, prima di aggiungere: «Era da tanto tempo che volevo visitare Vienna. I suoi splendidi giardini, le sue feste danzanti, i suoi palazzi nobiliari... deve essere una città magnifica!»

In tutta risposta Larry fece un cenno con il pollice verso la porta che si affacciava sul salone. In quella stanza si trovava il planisfero su cui Agatha appuntava i nomi e gli indirizzi dei membri della famiglia sparsi ai quattro angoli del mondo.

«Forse è il caso di capire se c'è qualche parente in città disposto a darci una mano!»

Agatha prese in braccio il siberiano.

«Non è necessario» spiegò. «Per puro caso, ho appena scoperto che nostro cugino Hugo questa sera si troverà proprio a Villa Hauptmann. Non ho il suo numero, ma farò una telefonata a sua madre, che lo contatterà per avvisarlo.»

«Hugo? Mai sentito... e chi sarebbe sua madre?» borbottò il cugino.

In quel momento fece capolino Mr Kent. Portava con sé un voluminoso trolley, mentre nell'altra mano stringeva la maniglia del trasportino di Watson.

«La limousine è pronta» dichiarò con un leggero inchino. «Vogliamo andare?»

2. Sangue blu

Dopo più di due ore di volo, Agatha e compagni atterrarono all'aeroporto di Vienna-Schwechat: alle cinque il gruppo sfrecciava su un taxi che attraversava la Ringstraße. Nell'aria svolazzava qualche fiocco di neve vagabondo e oltre i rami degli alberi sfilavano le sfarzose ville, i monumenti, i parchi e le palazzine barocche che rendevano unica quella zona della città.

L'EyeNet di Larry emetteva squilli a ripetizione.

«Ordini dai suoi superiori?» domandò Mr Kent.

«Messaggi sulla chat del corso di tip-tap» borbottò lui. «I miei compagni mi chiedono dove sono finito e se parteciperò al saggio di domani… cosa gli rispondo?»

«Se tutto fila liscio, rientreremo in tempo» considerò Agatha ottimista.

«Con le mie indagini *niente* fila mai troppo liscio» ironizzò il cugino.

Villa Hauptmann era un magnifico palazzo di due piani, diviso in un corpo principale e due ali la-

terali. Il giardino era coperto da un mantello di neve ghiacciata e una parte della zona est era avvolta da un'impalcatura. Davanti alla cancellata era tutto un viavai di limousine da cui scendevano i primi invitati: uomini con impeccabili livree, dame impellicciate e ragazzini in frac, seguiti da stuoli di servitù.

«Certo che questi nobilastri si trattano bene!» commentò Larry divertito.

I tre e il gatto raggiunsero l'ingresso, presidiato da un uomo sui sessant'anni, aria severa e portamento impettito come quello di un militare. Aveva due folti baffoni grigi e indossava un tight inamidato.

Vedendoli, disse seccamente: «Spiacente, gli estranei non sono ammessi».

«Ehm… a dire il vero siamo gli agenti della Eye International» balbettò Larry.

«Dei ragazzini?» domandò l'uomo sollevando un sopracciglio.

«Il conte de Reginard dovrebbe avervi avvertito» intervenne Agatha con un inchino.

L'uomo fece scattare i tacchi.

«D'accordo» rispose perplesso incamminandosi. «Io sono Franz, il capo della servitù. Il barone e il conte de Reginard vi aspettano. Ma prima, ascoltatemi con attenzione.»

L'uomo si voltò verso di loro e fissò il siberiano appollaiato sulla spalla di Agatha.

«Solitamente gli animali non possono varcare questa soglia» sibilò. «Farò un'eccezione, ma tenete d'occhio quel gattaccio. Se lo scopro a girovagare nel palazzo, lo riduco in spezzatino!»

Watson rispose con un ringhio nervoso.

«Le assicuro che non darà alcun fastidio» rispose Agatha cercando di sorridere.

Il gruppetto si inoltrò tra gli impressionanti saloni dell'edificio: stucchi dorati, specchi con sontuose cornici, cristalli preziosi... Lo sguardo dei ragazzi vagava attirato da un particolare pregiato all'altro. Sulle pareti, si inseguivano gli antenati del barone dipinti in grandi quadri. Alcuni avevano sguardi così penetranti e severi che Larry si irrigidì, sentendosi osservato. Intorno a loro servitori e camerieri erano indaffarati a rendere splendente ogni centimetro della magione.

Hauptmann ricevette i giovani detective in un salotto al piano terra. Pallido, teso e con un monocolo sull'occhio destro, l'uomo era accompagnato da Bertrand de Reginard, che indossava un'uniforme da parata tintinnante di mostrine e teneva fra le mani una valigetta di metallo.

«Che situazione inaudita!» sbottò il padrone di casa al colmo dell'ira. «È dall'inverno del 1817 che gli Hauptmann organizzano il più bel ballo per giovani dell'intera Austria, anzi, che dico, dell'intera Europa, e ora un volgare ladruncolo minaccia la mia serata! Tutto ciò è intollerabile!»

Dopodiché passò in rassegna i due ragazzi.

E mentre li radiografava con sguardo impietoso, scandì parole che tuonarono come minacce: «Vi avviso: qui sono vietati eccessi e figuracce. Dovrete fingere di essere due baronetti inglesi accompagnati dal loro servitore e investigare in incognito. Per nessun motivo i miei ospiti dovranno essere turbati dalla notizia di un ipotetico furto. Se non sarete discreti, mi farò sentire con i vostri superiori!»

Larry, più agitato che mai, annuì vigorosamente.

«Purtroppo non posso sottovalutare quella lettera di avvertimento» sospirò Bertrand avvicinandosi a un tavolino su cui appoggiò con cura una valigetta nera che, una volta aperta, sprigionò luce in tutta la stanza. La Lacrima di Birmania comparve in tutto il suo splendore. Agatha si avvicinò per analizzarla da vicino.

«Chloé indosserà la collana durante il ballo» spiegò il conte. «Prima di lei, ha avuto il privilegio di farlo sua madre, e ancor prima sua nonna. È una tradizione di famiglia, non possiamo evitarlo. Certo, sono preoccupato per il gioiello… ma ciò che mi sta davvero a cuore è l'incolumità di mia figlia. Una ragazzina così dolce e indifesa: dovrete vegliare su di lei come angeli custodi.»

«Papà, qui va tutto storto!» strillò una voce acuta.

Sulla porta era comparsa una ragazza sui quindici anni, con dei boccoli rosso carota e un abito color malva. La sua espressione era decisamente contrariata.

«Nella mia stanza c'è uno spiffero» si lamentò. «Il sarto non ha ancora finito gli ultimi ritocchi al vestito da sera e in bagno manca il sapone alla rosa, l'unico che non irrita la mia pelle di porcellana!»

«Mi dispiace, contessina» si affrettò a scusarsi

Hauptmann. «Stiamo ancora finendo di preparare le camere per gli ospiti. Le farò portare tutto il sapone che vorrà.»

«Lo spero!» rispose lei, stizzita. «Altrimenti tutti sapranno che i viennesi non sanno ricevere i loro ospiti come si deve!»

«E quella sarebbe la ragazza dolce e indifesa?» mormorò Larry.

«Ehm… cara Chloé, lascia che ti presenti gli investigatori che ho ingaggiato per proteggere te e

la Lacrima di Birmania» si intromise timidamente Bertrand.

La ragazza lanciò un'occhiata glaciale ai tre detective.

«Lui è il mio cavaliere?» disse indicando Larry. «Non mi piace, è troppo secco. Non ha stile nel portamento. Spero che almeno sappia ballare il valzer. Sono molto esigente, io, in particolare sulle *polonaise*.»

Larry avvampò. Era sul punto di rispondere a tono, quando Agatha intervenne con un sorriso educato: «Signor conte, ha pensato a come organizzare la sorveglianza di sua figlia? Se facessimo dei turni per non perderla d'occhio?»

«Ottima idea» rispose Hauptmann. «Il ballo comincerà alle otto. Fino ad allora, se non le dispiace, la contessina potrà restare nella sua stanza, situata al primo piano dell'ala est. Sistemeremo il gioiello nella stessa camera e uno di voi, a turno, si occuperà di piantonare l'unica porta d'ingresso e di tenere d'occhio il corridoio.»

«Benissimo» commentò secca Chloé facendo le spallucce. «Tanto qui non c'è niente di interessante da fare!»

«Se permettete, mi occuperò io del primo turno di guardia» si offrì Mr Kent.

«Mentre noi ispezioneremo il palazzo alla ricerca di indizi» concluse Agatha.

Poco dopo i due cugini e il siberiano stavano perlustrando il pianterreno. Gruppetti di giovani invitati, riuniti negli eleganti salotti della villa, chiacchieravano in modo complice. Un tredicenne in livrea si stava vantando con due coetanee dei suoi risultati a polo.

«Questi smorfiosi non li capisco proprio» borbottò Larry. «Guarda quante arie… sono insopportabili, soprattutto quella peste di Chloé!»

«In compenso, questo posto è strabiliante» commentò Agatha. «Vieni a vedere!»

La ragazza si era affacciata su una doppia porta spalancata. Il cugino la raggiunse e, dopo un'occhiata, si lasciò sfuggire un'esclamazione stupita.

«Suppongo che è qui che avrà luogo il Gran Ballo» commentò lei.

I loro sguardi abbracciarono in un istante una stanza immensa con il soffitto affrescato e sovrastata da un gigantesco lampadario di cristallo. Sul palco posizionato in fondo, un'orchestra di venti musicisti stava estraendo dagli astucci violini, violoncelli, oboe e timpani.

«Molto curioso» considerò Agatha indicando un angolo del salone. «Una zona del parquet è scoperta, mancano diverse assi.»

«È del tutto normale, invece» si intromise una voce nota. A parlare era stato Franz, che li squadrò con il solito cipiglio. «Proprio come al teatro dell'Opera di Vienna, anche qui si segue la tradizione: ogni anno, alla vigilia del Gran Ballo, il vecchio pavimento viene smontato e sostituito con uno nuovo di zecca» spiegò il maggiordomo. Poi aggiunse con una smorfia: «Peccato che quei fannulloni del falegname Schmidt e dei suoi assistenti debbano ancora finire di sistemarlo. Saranno in pausa, tanto per cambiare... si occupano da anni dei lavori di manutenzione, ma sono degli incapaci. Il barone farebbe bene a licenziarli!»

«Vecchio mio, non pensi di essere un po' troppo severo?» disse una voce in tono allegro. «Schmidt e i suoi ragazzi sono usciti un attimo, ma torneranno subito al lavoro e di certo prima di sera il pavimento sarà ultimato!»

Nel corridoio era comparso un ragazzo sui vent'anni. Pelle scura, sorriso splendente, riccioli come molle, indossava una divisa da cuoco candida. Profumava di vaniglia e in mano aveva una ciotola in cui stava rimestando uova e farina.

«Lo spero per loro, Hugo»

borbottò il capo della servitù allontanandosi frettoloso.

«Hugo?» ripeté Larry. «Un momento, ho già sentito questo nome...»

«Agatha, eccoti finalmente!» sorrise il giovanotto avvicinandosi. «Dopo che l'avete avvisata, mamma mi ha subito chiamato per comunicarmi il vostro arrivo. Ha anche aggiunto che se non vi davo una mano, mi avrebbe fatto passare un bel guaio!»

«Mamma? Ma... di chi state parlando?» domandò Larry, sempre più confuso.

«Caro cugino, ti presento Hugo Mistery» disse Agatha. «E cioè il figlio di zia Honey, la cuoca di fama internazionale!»

3. Blackout!

«Zia Honey ha un figlio?» si stupì Larry. «E chi l'avrebbe detto?»

«Per essere precisi, sono nato vent'anni fa dal suo primo matrimonio» spiegò Hugo sorridendo.

«Sapere che nostro cugino si trovava qui a Villa Hauptmann è stata una sorpresa anche per me» spiegò Agatha. «L'ho scoperto per puro caso chiacchierando al telefono con zia Honey, che mi ha raccontato della passione di Hugo per i fornelli... o meglio, per l'alta pasticceria!»

«Proprio così» si inorgoglì il ragazzo. «Mamma mi ha insegnato tutti i trucchi del mestiere. Poi, appena ho compiuto diciotto anni, ho lasciato gli Stati Uniti e mi sono imbarcato per un lungo viaggio intorno al mondo. Il mio desiderio? Carpire i segreti dei dolci tipici di ogni paese: in Spagna ho imparato a creare una crema catalana sopraffina. Poi mi sono fermato a Parigi per qualche mese, e lì ho appreso come confezionare croissant e bignè dai migliori pasticcieri francesi... »

Come se avesse capito, Watson cominciò a strusciarsi sui talloni del giovane cuoco.

«Ora invece è il turno di Vienna» continuò lui. «Sono qui per apprendere la preparazione del più celebre dolce austriaco, la *Sacher-Torte*: una delizia di cioccolato e marmellata di albicocche. Nel frattempo, il barone mi ha incaricato di allestire il buffet che renderà la festa un trionfo di dolcezza: la regina della serata, naturalmente, sarà la Sacher, che serviremo alle undici in punto, prima del gran finale del concerto.»

I due ragazzi spiegarono a Hugo il motivo del loro arrivo nella capitale austriaca.

«Per la barba di Lincoln, questa sì che è una faccenda intricata» rifletté lui. «Purtroppo sarò impegnato con i preparativi, ma terrò d'occhio il pianterreno: se dovessi notare qualcosa di sospetto, vi avviserò subito.» Poi aggiunse: «Forse però vi state preoccupando per niente. È possibile che la lettera che il conte ha ricevuto sia solo uno scherzo, o no?»

In quell'istante un grido e uno schianto riecheggiarono sopra le loro teste.

I tre si scambiarono un'occhiata colma di spavento. Poi filarono verso la scalinata di marmo che conduceva al piano superiore e la imboccarono senza indugio.

Nel corridoio dell'ala est un gruppetto di invitati e diversi membri della servitù si era riunito davanti alla porta spalancata della stanza di Chloé de Reginard.

«Appena ho sentito la contessina strillare ho provato ad aprirla» si affrettò a spiegare Mr Kent. «Ma trovandola chiusa a chiave ho dovuto… ehm, sfondarla.»

Agatha e Larry entrarono in un'elegante stanzetta tutta giocata sui toni del lilla e decorata da alcuni dipinti a olio. La finestra era aperta e un soffio gelido gonfiava le tende. Chloé stringeva al petto la valigetta contenente la Lacrima di Birmania e fissava i detective sconvolta.

«Un intruso ha cercato di rubare il collier» disse tutto d'un fiato.

«Mi rimangio quello che ho detto poco fa» mormorò Hugo.

Agatha si affacciò alla finestra, poi si chinò per esaminare una serie di impronte bagnate lasciate da qualcuno sul legno del parquet. Nel frattempo sulla scena piombarono, come falchi pronti a difendere il loro nido, Hauptmann e Bertrand: il conte abbracciò la figlia.

«Qualcuno si è intrufolato qui?» chiese preoccupato.

«E questi impiastri di detective non hanno fatto niente per proteggermi!» strepitò lei. «Per fortuna grazie al mio sangue freddo sono riuscita a mettere in fuga il ladro.»

L'uomo fece scattare la serratura della valigia: il collier era ancora al suo posto.

Larry tirò un sospiro di sollievo.

«Il ladro è passato dal giardino ed è arrivato qui arrampicandosi sull'impalcatura che recinta l'ala est» dedusse Agatha. «Poi ha scassinato la finestra, ma la contessina lo ha colto sul fatto, dico bene?»

Lei annuì e indicò la credenza: «Mi ero appisolata sul divano, ma uno scricchiolio mi ha svegliata. Ho notato subito quell'ombra che stava trafficando con la valigetta appoggiata lì sopra. Per fortuna ho gridato e quel furfante è schizzato via!»

«Uh-oh, e sei riuscita a vederlo in faccia?» volle sapere Larry.

«Certo che no. La stanza era al buio e io ero mezza addormentata.»

«La prego di voler accettare le mie scuse» sospirò Hauptmann. «Ammetto di non aver tenuto conto che un intruso avrebbe potuto passare dall'impalcatura. La farò subito trasferire nell'ala ovest, che è molto più sicura!»

«A ogni modo il ladro ha fallito» commentò Bertrand sollevato. «Non credo che avrà il coraggio di farsi avanti una seconda volta.»

«Cavoli, è vero!» esclamò Larry schioccando le dita. «Quindi il pericolo è ormai lontano...»

«Non certo per merito tuo» ghignò Chloé. «Spero che almeno ti rivelerai un buon ballerino, visto che come investigatore lasci a desiderare. A proposito, dato che ora non hai niente da fare, perché non porti i miei bagagli nella nuova stanza?»

Poi indicò un ammasso di grossi bauli impilati in un angolo.

Larry si lasciò sfuggire un gemito sconsolato e si mise al lavoro.

Era ancora impegnato con le valigie della contessina quando l'enorme pendola nell'atrio batté le sette e mezza. Fuori imbruniva e i corridoi della villa erano animati dai primi invitati che sfoggiavano *mise* eleganti. Gli alamari delle uniformi e i gioielli delle nobildonne scintillavano alla luce dei lampadari, mentre i giovani ballerini si preparavano al loro tanto sospirato debutto. I ragazzi indossavano una tenuta tirolese tradizionale, mentre le giovani sfoggiavano gonne vaporose o lunghi abiti da sera. Agatha, Mr Kent e Watson si trovavano nel salone da ballo.

«Hai sentito, François?» bisbigliò poco distante una ragazzina al compagno. «Un ladro ha cercato di derubare la Reginard! Secondo te siamo in pericolo?»

«Non temere, cara Geneviève» rispose quello gonfiando il petto come un gallo. «Se quel farabutto si farà vivo, dovrà vedersela con me… certo che è una situazione davvero assurda!»

Mr Kent si rivolse alla sua padroncina.

«Anche lei pensa che il colpevole desisterà?» domandò educato.

Agatha osservò la scena. Il falegname Schmidt e i suoi due assistenti avevano finito di sistemare le assi del parquet e ora le stavano lucidando con stracci imbevuti di cera, sotto lo sguardo puntiglioso di Franz. I membri dell'orchestra stavano accordando gli strumenti mentre, poco più in là, Hugo e i camerieri sistemavano accanto alla parete alcuni carrelli carichi di bignè, sfogliatelle e torte alla frutta.

«Non escluderei che decidesse di tornare alla carica» rispose. «Dovremmo smascherarlo. Prima, osservando le impronte sul pavimento della stanza di Chloé, ho notato un dettaglio interessante: l'intruso aveva un foro nella suola destra, che ha lasciato un'orma diversa da quella sinistra.»

«Quindi, basterebbe osservare le scarpe di tutti i presenti per individuare il ladro» dedusse l'ex pugile.

Agatha si sfiorò il nasino all'insù, una simpatica abitudine che faceva sempre quando era immersa in profonde riflessioni.

Poi, guardando Mr Kent con aria perplessa, disse: «È complicato, purtroppo. Nella villa ci sono più di cento invitati, senza contare la servitù. L'unica soluzione è tenere gli occhi aperti e sperare di individuare qualcuno con una scarpa forata. Sarebbe senz'altro il principale sospettato».

«CHE ORRORE, PUSSA VIA!» ululò una voce.

Watson, ingolosito, si era avvicinato di soppiatto ai carrelli dei dolci, attirando l'attenzione di un paio di signori intenti a ingozzarsi di pasticcini. Spaventato dalla loro reazione, il felino sfrecciò tra i piedi di Agatha e sparì in corridoio.

Franz scoccò un'occhiataccia verso Agatha. Lei arrossì.

«Dovremmo andare a recuperarlo» bisbigliò imbarazzata.

«Lascia perdere il gattaccio… c'è un'emergenza!» esclamò Larry.

Il cugino era appena entrato in salone. Imbarazzatissimo, indossava un paio di pantaloncini verdi e un curioso berretto a punta che lo faceva somigliare a una specie di elfo: una perfetta tenuta tradizionale tirolese. Anche Agatha si era fatta bella per l'occasione.

«Non posso credere che dovrò danzare conciato così» si lagnò. «Chloé è una peste: non solo mi ha trattato da facchino, ma ora pretende che le faccia da cavaliere. Io però non so un accidenti di valzer!»

«Zio Samuel ti aveva dato qualche lezione, no?» ricordò lei. «Ti basterà ripescare nella memoria i passi che ti aveva mostrato.»

All'improvviso un mormorio ammirato percorse i presenti. Anche Chloé de Reginard aveva fatto il suo ingresso trionfale e, avanzando a braccetto del padre, sorrideva raggiante avvolta in una nuvola rosa di seta e taffetà. La Lacrima luccicava al suo collo più meravigliosa che mai.

Prima che Larry potesse aggiungere altro, la contessina lo prese per mano.

«Si comincia tra cinque minuti» gli sussurrò all'orecchio. «Fammi fare una figuraccia e sei rovinato!»

«Con il vostro permesso, io vado a cercare Watson» dichiarò Mr Kent allontanandosi.

Larry lanciò alla cugina un'ultima occhiata disperata mentre venti coppie di giovani ballerini sciamavano al centro del salone e si posizionavano ai due lati della pista. Gli adulti, invece, si raggrupparono in fondo alla stanza, fissando i loro rampolli con sguardi pieni di orgoglio.

«La mia Chloé… sta per fare il suo debutto» si gongolò Bertrand commosso.

Sulla scena calò un momento di silenzio magico.

Poi il direttore d'orchestra sollevò la bacchetta.

Agatha fece appena in tempo a riconoscere le prime note del *Valzer dei fiori* di Tchaikovsky, che dopo qualche istante l'esecuzione fu interrotta da un frastuono micidiale simile a una raffica di scoppi!

Hauptmann impallidì. L'orchestra tacque e dal pubblico si alzarono risatine e commenti imbarazzati. Tutti gli occhi della sala erano puntati sulla causa di quel fracasso infernale: Larry Mistery.

«Uh-oh, le mie scarpe da tip-tap non sono l'ideale per ballare il valzer su questo parquet» si scusò stirando un sorriso imbarazzato.

Chloé era paonazza di rabbia.

«Hai rovinato tutto» sibilò. «Ma io te la faccio pagare, ti rovino, ti...»

In quel momento la stanza sprofondò nel buio più assoluto.

Seguirono grida e un trapestio di passi confusi. Dopo appena un istante, il lampadario di cristallo si riaccese.

«Calma, si è trattato solo di un piccolo calo di tensione» spiegò Franz a disagio. «Il concerto può ricominciare!»

Solo Chloé non sembrava essersi curata dell'accaduto: per tutto il tempo aveva continuato a incalzare Larry, sempre più furiosa: «Specie di babbeo, buono a nulla! Portare delle scarpe da tip-tap a una serata di valzer, ma cosa ti è saltato in mente? Allora, cos'hai da dire?»

Il giovane fissava la ragazza, imbambolato e più pallido che mai.

«Non te ne sei accorta?» chiese con un filo di voce. «La Lacrima è scomparsa!»

4. Zampa di Gatto

Venti minuti dopo Agatha, Larry, Chloé e Bertrand erano riuniti in uno dei salotti al pianterreno che si affacciavano sul giardino. Anche il barone e il fedele Franz erano presenti. Da lontano giungevano le note dell'orchestra: alla scoperta del furto era scoppiato un putiferio tra gli invitati, ma per fortuna il padrone di casa era riuscito a calmare gli animi. Nonostante l'incidente, il Gran Ballo continuava.

«Sono rovinato» sospirò Hauptmann crollando su una poltrona di velluto color amaranto. «Non oso immaginare i pettegolezzi dopo questo scandalo!»

Trascorsi alcuni minuti, anche Mr Kent si unì al gruppo.

«Purtroppo ancora nessuna traccia di Watson» disse. «Non so proprio dove possa essere finito. Devo continuare la ricerca?»

«Potremmo pensare per un attimo al collier?» si innervosì Bertrand. «Qualche idea sull'identità del ladro e su come abbia causato il blackout?»

Agatha si mordicchiò un labbro. Poi si rivolse al capo della servitù.

«Franz, potrebbe fare una piccola verifica per me?» chiese.

La ragazza disse qualcosa all'orecchio del severo maggiordomo. Quello fece scattare i tacchi e lasciò la stanza. Poco dopo era di ritorno. Insieme a lui una cameriera brunetta sui vent'anni e uno dei due assistenti del falegname, un ragazzo biondo e grassoccio, vestito con una tuta da lavoro.

«È andata proprio come aveva previsto, signorina» dichiarò. «Ho controllato la lavanderia: tutte e sei le lavatrici che si trovano al piano inferiore erano accese.»

«Lavatrici?… Ma di che state parlando?» sbuffò la contessina.

«Abbiamo scoperto il sistema usato dal ladro per causare il blackout, Chloé» spiegò Agatha gentile. «Con tutte le luci e i forni della cucina accesi… è bastato avviare le lavatrici per sovraccaricare il sistema elettrico del palazzo e farlo saltare per qualche istante. Il tempo necessario per sfilarti la

Lacrima dal collo con una mossa da abilissimo borseggiatore!»

«Ingegnoso» ammise Larry. «Ma perché hai fatto chiamare quei due?»

«Non saremmo mica sospettati?» si preoccupò il falegname.

«E, invece, il colpevole è proprio uno di voi» lo fulminò Agatha. «Il ladro ha avuto solo pochi secondi per agire. Quando i ballerini hanno smesso di danzare, Larry e la contessina erano accanto ai carrelli dei dolci e dietro di loro c'erano solo due persone: voi. Nessun altro avrebbe potuto approfittare di quel breve lasso di tempo per far sparire la collana.»

«Il giovanotto si chiama Joseph» scandì Franz. «Lavora da un paio d'anni per Schmidt, che come già sapete è il responsabile della manutenzione del palazzo.»

«Ma io non ne so niente di gioielli rubati!» borbottò il ragazzotto.

«Lei è Erika» continuò il capo della servitù. «È

stata assunta solo una settimana fa per sostituire una delle cameriere che ha dovuto prendersi un periodo di riposo dopo essersi slogata una caviglia.»

«Non potete trattenermi qui!» protestò la giovane.

«Entrambi conoscono abbastanza bene il palazzo da sapere come raggiungere la lavanderia e attivare le lavatrici» rifletté Hauptmann. «Ma chi dei due sarà il colpevole?»

Agatha si avvicinò ai sospettati e li esaminò rapidamente.

Poi si rivolse a Chloé e, con sua sorpresa, osservò da vicino anche lei.

«La ladra è Erika» concluse dopo una pausa teatrale.

«Sciocchezze, non so di che cosa state parlando» si infiammò lei.

«Ma... come fai a esserne certa?» si stupì Larry.

«Prima del blackout, Joseph era al buffet e si stava rimpinzando di bignè alle fragole» spiegò l'aspirante scrittrice. «Le sue mani sono ancora sporche e appiccicose di marmellata rossa. Se avesse sfiorato Chloé per toglierle la collana, avrebbe lasciato una traccia sul suo collo o sul colletto dell'abito. Non può essere stato lui a derubarla, quindi possiamo dedurre che la colpevole sia la cameriera.»

Una pausa di silenzio scese sulla scena, mentre la musica risuonava lontano.

Sul volto di Erika si allargò un sorriso astuto.

«E va bene, mi avete scoperta» ghignò. «Ma se pensate che basti questo per fermare Zampa di Gatto, vi sbagliate di grosso!»

Dopodiché, spinse Joseph di lato. Il falegname crollò addosso a Hauptmann, che finì steso sul pavimento. Intanto, veloce come una saetta, la cameriera aveva già raggiunto la finestra e l'aveva spalancata.

La ladruncola stava attraversando il giardino innevato, diretta verso la cancellata che separava la tenuta di Hauptmann dal viale, quando la contessina urlò: «Restituisci subito la collana! Appartiene alla mia famiglia!»

Poi, con gran sorpresa di tutti, la ragazza fu la

prima a scavalcare il davanzale e a lanciarsi all'inseguimento. Agatha, Larry e Mr Kent la imitarono subito.

Pochi minuti dopo, i quattro correvano per Kärntner Straße, una delle vie principali del centro storico di Vienna. A causa del freddo polare, la strada pedonale era quasi deserta, immersa nella luce dorata dei lampioni. I residenti e i turisti si erano rifugiati all'interno dei caffè e delle birrerie che animavano quella zona.

«L'ho vista, è laggiù!» esclamò Larry indicando un punto in fondo alla strada.

Erika aveva svoltato a destra, imboccando a passo svelto un vicolo laterale.

«Andiamo ad acchiapparla prima che si dilegui» ansimò il ragazzo.

«Noi andiamo ad acchiapparla» disse Chloé in tono grintoso. «Tu, invece, resti qui, imbranato che non sei altro! Quelle scarpe da tip-tap fanno un baccano micidiale: finché sei con noi, quella furfante capirà sempre che le stiamo alle calcagna.»

Larry si bloccò in mezzo alla strada con un'espressione perplessa.

«Ottima deduzione, Chloé» sorrise Agatha affrettando il passo. «Caro cugino, sarà meglio darle retta e aspettarci qui. In quanto a noi… cerchiamo di accerchiarla!»

Dopodiché infilò una stradina laterale, e la contessina la seguì.

Le due inseguitrici avvistarono di nuovo la ladra che stava sgattaiolando in un vicolino tra due palazzi barocchi. Dopo aver intravisto le ragazzine, la cameriera riprese a correre verso il fondo della strada.

«Siete delle illuse!» strillò. «Non riuscirete mai a prendermi, conosco queste strade come le mie tasche e inoltre sono un'ottima atleta. Non avete speranza con me, mocciose!»

Proprio in quel momento Mr Kent sbucò da dietro l'angolo di un edificio, e fulmineo la bloccò afferrandole i polsi. Erika cominciò a divincolarsi furiosamente.

«Lasciami, bestione!» sbraitò, paonazza di rabbia.

«La prego, Madame, un po' di contegno...» cercò di calmarla il tuttofare.

«Ormai è finita, Erika» dichiarò Agatha raggiungendoli. «Quindi le conviene seguirci a palazzo e chiarire la sua posizione, in attesa dell'arrivo della polizia.»

«E soprattutto, ridammi il collier!» la incalzò Chloé.

Erika si calmò e abbassò la testa. Poi si infilò una mano in tasca, estrasse la Lacrima di Birmania e la riconsegnò alla proprietaria.

«Va bene… avete vinto voi, mi arrendo» mormorò.

Erano le dieci di sera quando il gruppo rientrò nel salotto. Bertrand li aspettava con il cuore gonfio di preoccupazione: appena vide la figlia, corse ad abbracciarla.

«Chloé, vuoi farmi venire un infarto?» la rimproverò con dolcezza. «Ma cosa ti è saltato in mente? Inseguire una pericolosa criminale…»

«La contessina mi sembra ben più determinata e pericolosa di quella povera ladruncola» commentò Larry sottovoce.

Nel frattempo la polizia aveva raggiunto la grande villa. Da un'auto ferma davanti alla cancellata con i lampeggianti accesi scesero tre agenti, poi introdotti discretamente all'interno per prendere in consegna la fuggiasca.

Hauptmann spiegò la situazione a quello che

sembrava essere il loro capo: un uomo sulla sessantina, con la barba sfatta e una giacca rattoppata. Il suo nome era Karl Weber.

Il barone, in preda alla più scomposta agitazione, continuava a ripetere: «La cosa essenziale è evitare uno scandalo. Se i miei ospiti si dovessero accorgere di ciò che sta succedendo, il buon nome della mia famiglia sarebbe rovinato. Il nostro ambiente è il regno del pettegolezzo e delle maldicenze più crudeli...»

L'ispettore Weber guardò la cameriera, che ora sedeva a testa bassa su una poltroncina, ben sorvegliata dai due poliziotti. La Lacrima di Birmania, invece, era appoggiata sul tavolino al centro della stanza.

«Non si preoccupi» lo rassicurò l'ispettore conciliante. «Il caso sembra risolto e la refurtiva è stata recuperata. Non ci resta che prendere in consegna questa furbetta e scoprire la sua vera identità.»

«Si chiama Erika Herzog» intervenne Larry alzando gli occhi dal suo congegno in titanio. «Negli archivi della Eye International c'è un intero dossier sul suo conto! Abita a Vienna e ha ottenuto una certa fama per avere commesso diversi furti di gioielli su commissione. La chiamano Zampa di Gatto per la sua abilità da borseggiatrice: ha fama di avere dita leggere come piume e sostiene che sarebbe capace persino di sfilare la corona dalla testa della regina d'Inghilterra senza farsi scoprire!»

«Furti su commissione?» ripeté Bertrand intrigato. Poi si rivolse alla ladra: «Qualcuno ti ha chiesto di rubare la Lacrima di Birmania?»

«Certo» rispose quella. «Sono una professionista. E poi piazzare un gioiello così unico sul mercato nero sarebbe impossibile. È ovvio che io abbia agito su commissione. Quando sono stata contattata per sgraffignare il collier, mi sono fatta assumere a palazzo come cameriera, in modo da poter avere un'idea precisa di tutti gli ambienti della villa e organizzare il mio piano.»

Agatha, chinata sull'incredibile gioiello, lo analizzava con cura.

«Ma non fatevi illusioni: non ho la più pallida idea di chi sia il mio cliente» continuò Zampa di Gatto. «È un tipo prudente, ha comunicato con me solo per lettera o al telefono, e la sua voce era chiaramente camuffata. Mi ha versato un bell'anticipo e se fossi riuscita a portargli la Lacrima, mi avrebbe ricompensata con una cifra da capogiro!»

Agatha rivolse uno sguardo acuto sulla giovane e le spiegò: «E il suo committente sarebbe rimasto deluso». Poi prese il collier fra le mani: «Questo gioiello è un falso».

Per lo stupore, Larry si fece sfuggire l'EyeNet dalle mani.

«Sei sicura di quello che dici, ragazzina?» chiese l'ispettore Weber alzando un sopracciglio.

«Purtroppo sì» rispose lei. «È un duplicato, anche se di ottima fattura. Oggi ho osservato l'originale da vicino, e ho notato delle differenze. Conte, se non ricordo male, la catenina della Lacrima di Birmania è composta da diciannove piccoli anelli d'oro, giusto?»

Bertrand annuì, pallidissimo.

«Questa invece ne ha venti, quindi uno di troppo» spiegò Agatha al pubblico attonito. Poi porse il gioiello all'ispettore: «Sono certa che un'analisi di laboratorio più accurata sul metallo e sulla pietra confermeranno la mia teoria. Mi dispiace molto, signorina Erika Herzog, ma è stata raggirata da un ladro più scaltro di lei. Il vero colpevole è il fantomatico uomo con la suola bucata che si è intrufolato nella stanza di Chloé e ha sostituito il vero collier con questa copia! E lo stesso uomo ora si sta aggirando indisturbato fra di noi».

5. La leggenda del Maestro

Mezz'ora dopo Agatha e Larry tornarono nella sala da ballo.

La notizia dell'arrivo della polizia e dell'arresto di una cameriera, come una freccia scoccata da un arco, era già volata veloce di bocca in bocca.

I pettegolezzi che un gruppetto di giovani ospiti avevano già cominciato a scambiarsi giunsero all'orecchio di Agatha: «Un ladro tra la servitù! Inconcepibile!» sbuffò uno.

«Per fortuna pare che la refurtiva sia stata recuperata» commentò un altro.

«Io ho sentito che però il gioiello ritrovato sarebbe un falso» aggiunse un terzo.

Nonostante tutto, la festa stava giungendo al culmine. Dopo il loro debutto sulla pista, i ragazzi avevano lasciato spazio agli adulti, che piroettavano a coppie sul parquet a ritmo di valzer. Altri invitati si avvicendavano al buffet, dove i camerieri portavano senza sosta vassoi carichi di pasticcini, bignè al cioccolato e gelatine di frutta. Mr Kent, che aveva accettato le moine di una attempata duchessa e si era concesso come cavaliere, si stava esibendo in una prova da ballerino provetto.

«Dove ha imparato a danzare così?» domandò Larry.

«Una volta mi disse di aver persino vinto il primo premio nella categoria valzer al Blackpool Dance Festival» rispose Agatha. «Mr Kent è una continua sorpresa!»

Poi, riportata all'improvviso alla realtà, aggrottò la fronte e sospirò preoccupata: «Sarà anche capace di volteggiare in modo leggiadro, ma non è ancora

riuscito a capire che fine ha fatto il povero Watson! Del resto, neppure io ho le idee chiare su dove sia scappato quel furbacchione del mio siberiano, e soprattutto su cosa stia succedendo qui!»

«Ma come? Il mistero è quasi risolto» esclamò ingenuo Larry. «Il ladro numero uno, l'uomo con la suola bucata, si è intrufolato nella stanza di Chloé e prima che lei si svegliasse ha sostituito la Lacrima con una copia. Copia che poi la contessina ha indossato senza accorgersi dello scambio, e che in seguito è stata rubata da quella sprovveduta di Erika Herzog! Fila, no?»

La ragazza non rispose. Continuava a osservare i ballerini sulla pista.

«Per fortuna la polizia sorveglia l'uscita della villa e nessuno oggi è potuto andarsene» continuò Larry. «Il colpevole è ancora da queste parti, forse tra gli invitati… ma è davvero possibile che uno di quei ricchissimi nobili voglia derubare un suo simile?»

«Essere un principe o un conte non significa essere una persona per bene» commentò una voce conosciuta. I ragazzi si voltarono: alle loro spalle era comparso Weber. Il vecchio ispettore guardò gli invitati con aria severa. Poi indicò un uomo in divisa che stava parlando amabilmente con un paio di gentildonne.

«Quello per esempio è il duca Zoltan, polacco» dichiarò. «Pare sia implicato in traffici di opere d'arte. E vedete quel tizio vestito di bianco e con i capelli impomatati? È il marchese Van Dike, un olandese sospettato di ordinare furti su commissione per la sua collezione di gemme.»

I due ragazzi fissarono l'uomo stupiti. Lui fece un cenno verso un altro ospite, un uomo grassottello che si stava rimpinzando di tortine alla frutta.

«Quello sembra un innocuo golosone, ma non fatevi ingannare dall'aspetto» continuò imperterrito. «Si chiama Raphael Léon de Guimaraes, e nonostante il lignaggio è sommerso dai debiti... credo che sarebbe disposto a fare qualsiasi cosa per mettere ordine nei suoi conti. E che dire di quell'arzillo vecchietto con il kilt scozzese? È il baronetto

McManus, esperto nel contrabbandare diamanti.»

«Uh-oh, allora anche ai piani alti le persone si danno da fare!» esclamò Larry.

Weber si lasciò sfuggire un sorriso amareggiato.

«Sono anni che l'Interpol indaga sul conto di quei farabutti» spiegò. «Naturalmente grazie alle loro nobili origini e al giro di amicizie altolocate, sono molto difficili da incastrare. Ma il ladro potrebbe essere proprio uno di loro.»

«E allora andiamo a interrogarli!» proruppe baldanzoso Larry.

«Eppure qualcosa non quadra» intervenne Agatha. «Continuo a pensare al gioiello falso. Una copia realizzata con un'abilità stupefacente. Solo analisi condotte da professionisti esperti avrebbero rivelato che si trattava di una imitazione... ma allora perché aggiungere quell'anello?»

Weber prese fra le mani la copia della Lacrima che custodiva nella tasca dei pantaloni.

«Perché commettere un errore così grossolano da essere notato persino da me, che non sono un'esperta?» continuò a interrogarsi la ragazza. «Sembra quasi una mossa volontaria. Una specie di firma. Ma "scritta" da chi? E per quale motivo?»

«Se non sapessi che è impossibile, direi che questo falso è senza dubbio opera del Maestro» ammise l'ispettore rigirandosi il collier tra le dita. I due ragazzi lo fissarono incuriositi.

«Mai sentito parlare di lui?» domandò. «Giovanotto, scommetto che quel tuo gingillo elettronico è zeppo di informazioni sul suo conto. Jonathan Reiter, viennese, detto *der Meister*, cioè "il Maestro": considerato dall'Interpol uno dei migliori falsari di tutti i tempi!»

L'orchestra aveva cominciato un nuovo lento. Una dama grassoccia e piena di gioielli entrò in pista a grandi falcate, prese a braccetto Mr Kent e lo strappò alla sua precedente compagna con un gesto brusco e deciso, per cominciare a ballare con lui. Il povero maggiordomo di Mistery House sembrava essere la vera attrazione della festa.

Intanto Larry aveva estratto l'EyeNet e aperto gli archivi dell'agenzia. Sul video si vedevano scorrere le foto segnaletiche di un uomo dal volto rotondo, incorniciato da una barba curata ed elegante.

«Questo Reiter era un orafo geniale» disse. «Era in grado di produrre gioielli identici agli originali, distinguibili solo con analisi sofisticate: per realizzare le sue imitazioni usava materiali pregiatissimi!

A suo modo era un artista e il suo giro di affari era enorme: ladri in cerca di copie da sostituire con gli originali durante i loro colpi, imbroglioni pronti a truffare le assicurazioni… tutti facevano la fila per aggiudicarsi i piccoli capolavori del Maestro.»

Weber ripose il falso collier in tasca e fece un cenno verso la pista.

«Ricordate i tipi sospetti che vi ho indicato?» chiese. «È probabile che in passato anche quei furfanti si siano rivolti a lui per accaparrarsi i suoi servigi. Purtroppo, però, non abbiamo mai potuto dimostrarlo.»

«Perché, allora, ha escluso che quella copia sia opera del Maestro?» si incuriosì Agatha.

«Semplice, cara: Reiter è stato arrestato quindici anni fa e sta finendo di scontare la pena» spiegò l'ispettore. «Una condanna piuttosto dura, dato che l'uomo ha sempre rifiutato di comunicare la lista dei suoi clienti. Inoltre, essendo alquanto in là con gli anni, ha affermato di volersi dedicare ad altro una volta tornato libero. Insomma, è impossibile che ci sia lui dietro questa faccenda.»

«Allora, se è una falsa pista, non perdiamo tempo» concluse Larry ringalluzzito. «Perché non andiamo a torchiare quei quattro?»

La cugina si fece pensierosa. «Non è una buona idea, Larry» spiegò. «Il padrone di casa sarebbe contrariato se importunassimo i suoi ospiti senza una precisa ragione.»

«Uh-oh, e allora cosa dovremmo fare?»

«Prima di agire, dobbiamo scoprire l'identità del colpevole» dichiarò lei risoluta.

Il ragazzo si lasciò sfuggire un sospiro. «Insomma, stiamo ancora brancolando nel buio.»

Proprio in quel momento, per la seconda volta dall'inizio della serata, si spense la luce del grande salone. Un mormorio di voci spaventate attraversò l'oscurità.

«Per la barba della Regina, e ora che succede?» domandò il ragazzo.

Agatha rassicurò il cugino. «Tranquillo, Larry, questa volta è un falso allarme.»

Le parole pronunciate dall'aspirante scrittrice

avevano appena raggiunto il cugino, quando l'orchestra cominciò a intonare le celebri note di *Sul bel Danubio blu*, la più famosa composizione di Johann Strauss. Nello stesso istante un invitante carrello spinto da Hugo fece il suo ingresso trionfale nella sala da ballo. Sopra questo troneggiava una gigantesca torta Sacher decorata da decine di candeline accese, che illuminavano l'ambiente con un effetto magico. I presenti applaudirono commossi e quando il dolce fu condotto in fondo alla stanza, il lampadario si riaccese.

Alcuni invitati, tra cui Raphael de Guimaraes, il conte portoghese, si avvicinarono per assaggiare qualche fettina di torta. Intanto, ai due ragazzi non sfuggirono i commenti perfidi di un paio di giovanissimi ospiti in costume tirolese che si trovavano poco distante.

«Far preparare il dolce simbolo dell'Austria a un pasticciere americano» commentò il primo scandalizzato. «Dove andremo a finire di questo passo?»

«Vecchio mio, finirà come sempre» sibilò

l'amico. «Gli ospiti ormai sono sazi, non ne possono più di pasticcini. La torta di Hauptmann, come accade ogni anno, sarà ignorata da tutti. Che spreco.»

Nel frattempo, l'orchestra aveva attaccato una vorticosa polka.

Agatha lanciò un'occhiata a Mr Kent. L'ex pugile, imbarazzatissimo, era stato messo con le spalle

al muro dalle due nobildonne che se lo contendevano in pista.

«Ora tocca di nuovo a me, cara duchessa!» esclamò la prima.

«Con lei ha già ballato tre pezzi, marchesa, è ancora il mio turno!» ribatté l'altra.

Hugo si avvicinò ai due cugini sfoggiando il suo solito sorriso.

«Ho una notizia per voi, ragazzi» esordì. «Sono spiacente se non vi ho potuto avvisare prima, ero troppo impegnato con la torta. Ma, circa un'ora fa, ho avvistato Watson: quel ghiottone stava girovagando tra i fornelli della cucina. Purtroppo, però, sembrava furioso, e non sono riuscito a prenderlo. È fuggito soffiando e l'ho perso di vista!»

Larry fece una smorfia scocciata.

«Come se questa indagine ingarbugliata non fosse sufficiente, ci tocca anche pensare al gattaccio» brontolò. «Forse dovremmo chiedere a Mr Kent di ricominciare a cercarlo, non credi, Agatha?»

Lei però stava fissando un altro punto del salone.

«Hai notato, Larry?» bisbigliò. «Chloé sembra comportarsi in modo strano.»

La contessina aveva raggiunto uno dei carrelli dei dolci, su cui erano rimaste alcune paste ripiene di crema. Ne avvolse con cura un paio in un fazzoletto di carta e le ripose all'interno della borsetta di seta che portava con sé. Infine, dopo essersi guardata intorno con aria furtiva, si incamminò verso l'uscita della sala a passo spedito.

«E ora che sta combinando quella smorfiosa?» chiese Larry sistemandosi il ciuffo.

«C'è solo un modo per scoprirlo» rispose la cugina strizzandogli l'occhio. «In fondo vegliare sulla sua incolumità fa parte dei tuoi compiti. Perché non proviamo a capire cosa sta architettando?»

6. La vendetta di Watson

I corridoi erano deserti: Agatha e Larry seguirono la ragazza tenendosi a distanza di sicurezza, finché non la videro sgattaiolare dietro una porta socchiusa.

Silenziosi e discreti, i due si affacciarono su uno studio foderato di moquette color pistacchio.

Chloé era china sul pavimento, come se stesse cercando qualcosa.

«Ma che sta facendo?» sussurrò Larry.

«Eccoti, finalmente!» si rallegrò la giovane. Poi estrasse i dolci che aveva sottratto e continuò: «Sono certa che stai morendo di fame».

Da sotto la scrivania sgattaiolò Watson, che cominciò a strusciarsi sui suoi piedini, mentre lei gli porgeva un pezzetto di dolce.

«Chi si somiglia, si piglia» ironizzò Larry. «Era logico che quei due antipatici finissero per andare d'accordo.»

«Guardate che vi ho visti» sorrise la contessina alzando gli occhi sulla porta. «Venite, ho ritrovato il vostro gatto.»

Agatha fu la prima a uscire allo scoperto e subito il siberiano la raggiunse festoso.

«Almeno con gli animali riesci a essere gentile...» constatò Larry avvicinandosi.

«Lo sarei con tutti se potessi» sospirò Chloé. «Quando sto insieme a papà e ai suoi amici, mi tocca recitare una parte. Tutti si aspettano che io sia la tipica ragazzina viziata cresciuta in una torre d'avorio. Nessuno immagina il mio disagio, la fatica di stare in un ambiente frivolo, finto, superficiale.»

Chloé fissò i detective malinconica.

«Vorrei frequentare una scuola normale e vivere la vita di una quindicenne qualunque» confessò.

«Da grande, mi piacerebbe diventare una veterinaria e sposarmi con il ragazzo di cui sono innamorata: uno studente di Bruxelles che consegna pizze a domicilio per pagarsi gli studi. Ma come fare? Papà ha progetti diversi per me… e io non ho cuore di deluderlo!»

Larry abbassò gli occhi, imbarazzato.

«Cavoli, mi spiace se ti ho giudicata male» si intenerì.

«Sono un'ottima attrice» disse lei strizzandogli l'occhio. «E vi prego di tenere per voi questo piccolo segreto. Agatha, sei d'accordo?»

L'aspirante scrittrice, china su Watson per accarezzarlo, alzò la testa e guardò i due con un'espressione seria.

«Ho trovato un indizio sospetto» dichiarò. «Il musino di Watson è sporco e sotto una delle sue unghiette c'è un brandello di tessuto blu…»

«E cosa significa?» si stupì Larry.

Ma prima che lei potesse rispondere, un'ombra si stagliò sulla porta dello studio.

«Ecco dov'eravate finiti» esclamò Hugo entrando. «Vi ho visti scappare in fretta e vi ho seguiti. Agatha, sono contento che tu abbia ritrovato il tuo gatto!»

«Stavo cercando proprio te» si rallegrò lei. «Prima hai detto di averlo visto nelle cucine un'oretta fa. Puoi spiegarmi cosa è accaduto?»

Il pasticciere si grattò la nuca.

«Ero solo, avevo quasi finito di cucinare e gli altri cuochi erano andati a godersi il ballo» rammentò. «Quanto a me, ero tornato in cucina finire di decorare la Sacher con le candeline. È stato allora che ho notato Watson che si aggirava tra i fornelli. Sembrava furioso e non si è lasciato avvicinare. Forse era appena sfuggito a quel Franz, che non lo sopporta.»

«Oppure» ragionò Agatha «Watson ha assistito a qualcosa di strano. Qualcosa che riguarda il furto della Lacrima di Birmania. A poco a poco gli indizi raccolti stanno componendo l'immagine di ciò che è accaduto. Forse ora ho capito come incastrare il colpevole. Dovremo solo trovare il modo di portare Watson nel salone senza farci notare... e vedere come il mio siberiano reagisce alla sua presenza.»

Larry e Hugo sembravano perplessi.

«Non sono certa di aver capito bene» intervenne Chloé. «Ma se vi serve una mano per far passare inosservato Watson, ho un'idea. Se lo nascondiamo sotto i veli della mia gonna, nessuno si accorgerà di lui!»

Poco dopo, i quattro erano tornati nella sala da ballo. La mezzanotte si stava avvicinando: l'orchestra si era presa una pausa prima del gran finale del concerto. Gli ospiti chiacchieravano sorseggiando champagne. Mr Kent era sempre alle prese con la duchessa e la marchesa.

Agatha e compagni raggiunsero il carrello su cui faceva bella mostra la torta al cioccolato. Bertrand e l'ispettore Weber li raggiunsero.

«Chloé, dov'eri finita?» esclamò il conte. «Mi hai fatto prendere uno spavento!»

«Deve ringraziare sua figlia» disse Agatha con un sorriso enigmatico. «Infatti, grazie al suo aiuto, sono riuscita a capire chi si è intrufolato nella stanza al primo piano e ha sostituito la Lacrima con una copia. Il nostro uomo è il portoghese Raphael Léon de Guimaraes.»

Nel salone calò un silenzio assoluto.

L'ometto, che stazionava accanto al carrello della Sacher, si irrigidì all'istante.

«Prego?» sussurrò esitante.

«Ho notato che fin dall'arrivo della torta lei si è piazzato accanto al vassoio e ha passato tutto il tempo a tenerla d'occhio» esordì la ragazza. «Un dettaglio molto curioso.»

«E perché mai?» borbottò quello. «Questo dessert è squisito!»

«Il conte è un amico» protestò Hauptmann facendo un passo avanti. «Non vi permetto di fare insinuazioni del genere sui miei ospiti. Porgetegli subito le vostre scuse o sarà peggio per voi!»

«Io, invece, sono curioso di sapere cos'ha da dire questa ragazzina» sogghignò Weber mostrando il distintivo. «Procedi pure, Agatha.»

«Come sappiamo, de Guimaraes è sommerso dai debiti» spiegò lei. «Così decide di approfittare della festa per rubare la Lacrima. A differenza della giovane Erika Herzog, non è un professionista, ma può contare su diversi vantaggi. È un vecchio amico del padrone di casa e può muoversi senza destare sospetti.»

«Quindi è lui che è entrato di nascosto in camera mia?» domandò la contessina.

«Esatto, Chloé» rispose Agatha. «Come aveva intuito Larry, è passato dall'impalcatura. Giunto nella tua stanza, ha sostituito il collier originale con la copia che poi Zampa di Gatto ha rubato senza accorgersi dello scambio. Infine, quando ti sei svegliata notando la sua presenza, è fuggito in tutta fretta.»

La ragazza cominciò a misurare il salone a larghe falcate.

«In origine Raphael pensava di svignarsela a fine serata, nascondendo il collier in tasca, certo che nessuno si sarebbe accorto della sostituzione» rifletté. «Ma quando Erika è stata scoperta e si è sparsa la voce che la polizia stava sorvegliando l'ingresso, lui ha iniziato a innervosirsi.»

«Non so di che stai parlando, mocciosa» sibilò il portoghese.

Lei gli rivolse un'occhiata di sfida.

«Non era preparato a questa evenienza, giusto?» scandì. «Aveva bisogno di uno stratagemma per portare fuori la refurtiva senza farsi scoprire. Sapeva che gli ospiti sarebbero stati perquisiti all'uscita. Quindi ha escogitato un piano per farla franca: intorno alle dieci si è intrufolato nelle cucine ormai deserte e ha fatto sparire la refurtiva... inserendola nella torta che Hugo stava per decorare!»

Un mormorio esterrefatto percorse la folla dei presenti.

Raphael arretrò di un passo, sempre più pallido e sudato.

«Era certo che gli ospiti, sazi dopo aver mangiato dolci per tutta la sera, si sarebbero limitati ad assaggiare qualche fettina di Sacher» continuò Agatha, implacabile. «Gli sarebbe bastato tenere d'occhio il dolce per essere sicuro che nessuno trovasse il gioiello nascosto. E a fine serata avrebbe chiesto di portare con sé gli avanzi della torta: tutti la conoscono per un gran goloso e nessuno si sarebbe insospettito di questa richiesta. Insomma, pensava di aver trovato il sistema per contrabbandare il collier fuori dal palazzo. E avrebbe funzionato, se durante la sua incursione nelle cucine non fosse incappato in... Watson!»

«Watson? E chi sarebbe?» chiese uno degli ospiti.

Il siberiano balzò fuori dalle pieghe della gonna di Chloé ringhiando furiosamente. Poi si arrampicò con agilità sul carrello e balzò sul vassoio. Si sentì un gran fracasso e il dolce venne catapultato in aria.

Dopo un istante atterrò sul parquet andando in mille pezzi!

Una nobildonna lanciò un grido e svenne platealmente tra le braccia di Mr Kent. Poi nel salone tornò a regnare un silenzio sbigottito. Agatha si era chinata sui resti della torta: quando si alzò reggeva tra le dita la Lacrima di Birmania.

«Non ci credo» disse Larry con un filo di voce. «Avevi ragione!»

«Ma… come hai fatto a capirlo?» chiese Bertrand.

«Dopo aver trovato Watson, ho notato che aveva il muso sporco di cioccolato» spiegò lei. «Probabilmente si era avvicinato alla glassa della Sacher per leccarla quando in cucina è arrivato Raphael, intenzionato a realizzare il suo piano. Il conte deve aver tentato di scacciarlo e ne è nata una piccola colluttazione, in cui il mio gatto ha cercato di graffiare l'aggressore. Ecco perché era furioso.»

Agatha puntò l'indice sul portoghese.

«Inoltre, sotto le sue unghie ho trovato un pezzetto di stoffa blu» concluse. «E guarda caso una delle maniche della giacca del conte, che è dello stesso colore, è stracciata sul polsino.»

«Vi ripeto che non ne so nulla di questa storia!» si lamentò l'uomo.

«Dunque non le spiacerà mostrarci la suola della sua scarpa destra» rispose la ragazza senza perdere la calma. «È quello l'indizio che incastra il colpevole. Se sotto di essa troveremo un piccolo foro, avremo la prova che è stato proprio lei a entrare di soppiatto nella stanza di Chloé per sostituire la collana!»

In tutta risposta il portoghese scattò verso la porta del salone, ma subito Watson si appese a uno dei suoi polpacci con i suoi artigli affilati. Raphael incespicò e cadde tra i resti della torta Sacher spiaccicata a terra.

Qualcuno, tra la folla, scoppiò a ridere.

Mr Kent raggiunse il colpevole, lo afferrò per il colletto della giacca e lo aiutò a rimettersi in piedi. L'ispettore Weber fece un passo avanti.

«Lei è in arresto per aver cercato di sottrarre la Lacrima di Birmania» dichiarò.

«Non volevo arrivare a tanto» piagnucolò il conte. «Ma avevo bisogno di soldi!»

«Non avrebbe guadagnato nulla da questo furto» lo fulminò Agatha.

Larry le scoccò un'occhiata dubbiosa.

La ragazza stava osservando attentamente il collier che aveva raccolto.

«Lo smeraldo incastonato al centro della collana ha trentadue sfaccettature» spiegò. «Questo, invece, ne ha solo trenta. La forma della pietra è leggermente diversa. Insomma… anche questo è un falso!»

7. Furti finti per una vera truffa

La mezzanotte aveva da poco segnato l'inizio di un nuovo giorno, quando Agatha, Larry, Mr Kent, Watson e Hugo si riunirono nella stanza dove Erika Herzog era sorvegliata a vista da due agenti di polizia. Nella stanza, alla ladra si era aggiunto il conte de Guimaraes. Imbarazzato, stava ancora cercando di ripulirsi dalla cioccolata che gli copriva il volto e il vestito.

A loro si unirono anche il padrone di casa, l'ispettore Weber, Bertrand e sua figlia.

Le due copie del collier erano appoggiate su un tavolino, una accanto all'altra.

«Non posso credere di aver sgraffignato un falso...» sospirò il portoghese.

«Non è divertente, vero?» commentò Zampa di Gatto con una smorfia. «Be', è lo stesso errore che ho commesso io!»

«Signor de Guimaraes, conferma la ricostruzione di Agatha?» domandò Weber.

L'uomo fece cenno di sì con la testa. L'ispettore si accarezzò la barba, pensieroso.

«Dunque qualcuno le ha fornito una copia della Lacrima di Birmania, che oggi pomeriggio lei ha sostituito con il collier che pensava fosse l'originale. È andata così?» chiese l'aspirante scrittrice.

Raphael annuì di nuovo.

«Un mese fa sono stato contattato al telefono da uno sconosciuto» spiegò. «Mi ha promesso una cifra pazzesca se gli avessi portato la Lacrima di Birmania e, data la mia catastrofica situazione finanziaria, non ho saputo rifiutare. Oltre a un succulento anticipo, mi ha anche spedito in un pacco anonimo una copia falsa del collier, che avrei dovuto sostituire con l'originale al momento più opportuno nel corso della giornata. Però non conosco l'identità del committente! Al telefono aveva sempre la voce camuffata.»

«Proprio come nel mio caso!» esclamò Erika Herzog.

Agatha osservò i due falsi gioielli, che splendevano al bagliore delle lampade.

«È evidente che entrambi sono stati realizzati dalla stessa mano, con la stessa perizia» rifletté. «Se non fosse stato per quei due dettagli così evidenti anche a un occhio inesperto, sarebbe stato impossibile distinguerli dall'originale. Quindi, si può supporre che il mandante anonimo che ha contattato Erika e Raphael sia la stessa persona. Il punto è capire chi è, e cosa vuole ottenere realmente.»

Larry, sconsolato, lasciatosi cadere su una poltrona, sospirò: «Okay, è ufficiale: io non ci capisco più niente!»

«Proviamo a risolvere un problema alla volta» lo incoraggiò la cugina. «Procediamo in modo logico.

Capitolo 7

La prima domanda da porsi è: "Quando è stata sostituita la collana originale?" Ricordo di averla esaminata all'inizio del pomeriggio, proprio in questo salotto, durante il nostro primo incontro con il conte Bertrand e sua figlia.»

Agatha guardò il portoghese e proseguì: «Quindi, qualcuno si è introdotto nella stanza di Chloé prima che entrasse anche Raphael. E ha scambiato la vera Lacrima con la prima copia, quella che poi lui a sua volta ha scambiato con la seconda!»

«Questo, però, è impossibile» obiettò la contessina. «Quando il ladro è entrato in camera mia, mi sono svegliata quasi subito sentendo il rumore della finestra! Allo stesso modo, mi sarei accorta della presenza di un altro intruso.»

«Inoltre, per tutto il tempo ho sorvegliato la porta della stanza» rammentò Mr Kent. «E in corridoio non ho visto nessuno.»

«Quindi, l'impalcatura era l'unica strada per entrare di soppiatto nella camera» concluse Larry. «Nessuno, oltre al portoghese, può essere stato lì oggi pomeriggio!»

«A dire il vero... ehm, c'è un'altra via d'accesso alle stanze dell'ala est» si intromise Hauptmann. Gli sguardi dei presenti si spostarono increduli sul padrone di casa, che era arrossito visibilmente.

«Perdonatemi se non ve ne ho parlato prima» sospirò. «Solo io e Franz conosciamo quel passaggio segreto, e così ho pensato che non fosse importante per l'indagine. Venite, voglio mostrarvi una cosa.»

Mentre i poliziotti tenevano d'occhio i due furfanti, il resto del gruppo attraversò il pianterreno, fino a raggiungere la scalinata che conduceva al piano superiore. In pochi minuti raggiunsero la stanza in cui Chloé si era appisolata.

Franz si avvicinò alla parete e staccò il quadro di un antenato del barone Hauptmann. Dietro la tela, comparve uno sportello di metallo arrugginito grosso come una finestra.

«Uh-oh, e quello cosa sarebbe?» domandò Larry allibito.

«Palazzo Hauptmann è molto antico, risale alla fine del Settecento» spiegò il barone. «A quell'epoca era consuetudine realizzare dei passaggi segreti tra una camera e l'altra, o delle intercapedini nei muri, proprio come nei vecchi castelli medievali. L'obiettivo era poter spiare o tenere d'occhio gli ospiti di riguardo, se necessario.»

«E lo dice così?» si stizzì Chloé.

«Come vi ho detto nessuno sa di questi passaggi»

farfugliò Hauptmann, sempre più imbarazzato. «E poi sono inutilizzati da anni, io stesso li avevo quasi dimenticati!»

Larry aprì il grande sportello, accese la torcia dell'EyeNet e si affacciò.

«Qui, invece, sembra che qualcuno sia passato di recente» commentò.

Anche Agatha infilò la testa nella nicchia: oltre il muro si stendeva uno stretto corridoio polveroso, con brandelli di ragnatele spezzate.

«Ecco come ha fatto il vero ladro a colpire senza fare rumore e senza farsi notare da Mr Kent» dedusse. «Ha percorso il passaggio segreto, ha spostato il quadro e si è affacciato nella stanza. Era abbastanza vicino alla credenza per aprire la valigetta e sostituire la Lacrima con la prima copia, per poi dileguarsi nel nulla.»

Larry lanciò un'occhiata sospettosa verso il padrone della villa e il capo della servitù.

«Barone Hauptmann, poco fa lei ha ammesso che solo voi due sapevate dell'esistenza di questo passaggio» scandì. «Quindi il colpevole è senz'altro uno di voi!»

I due uomini impallidirono.

Agatha si sfiorò la punta del nasino all'insù.

«Il barone ci ha rivelato l'esistenza di questo passaggio» intervenne. «Dubito che lo avrebbe fatto se il colpevole fosse lui. In quanto a Franz, non può essere il ladro, perché nel lasso di tempo in cui è avvenuto il furto si trovava con noi al pianterreno, ricordi? Quindi sono innocenti.»

«Ma allora si può sapere chi è stato?» domandò Bertrand in tono esasperato.

Larry si sistemò i capelli corvini.

«Mi spiace, io ci rinuncio» gemette. «Chiunque sia il criminale che ha organizzato questo folle piano, ha vinto la sua partita. La mia carriera di detective è rovinata... UM60 mi aveva affidato questa missione per dimostrare a possibili clienti il valore della nostra agenzia. E, invece, ho fatto fiasco su tutta la linea!» Poi aggiunse, rivolto ad Agatha: «Uh-oh, cuginetta, che ti prende? Trovi i miei problemi così divertenti?»

Sul volto della ragazza si era allargato un sorriso raggiante.

«Grazie, Larry» esultò. «Le tue ultime parole sono state illuminanti. Adesso non solo ho capito l'identità del colpevole e il luogo dove ha nascosto il gioiello rubato, ma anche il suo movente!»

Gli altri si scambiarono occhiate perplesse. La ragazza si rivolse a Weber.

«Prima di smascherarlo, però, avrei bisogno del suo aiuto per fare una ricerca, ispettore» disse. «Inoltre, vorrei chiedere ai suoi superiori del commissariato di Vienna un favore, se possibile...»

Quando l'orologio a pendola dell'ingresso batté l'una, Agatha e gli altri rientrarono nella salone. L'orchestra aveva smontato gli strumenti, ma tutti gli invitati erano ancora presenti nella sala da ballo.

Vedendo comparire i detective, fra gli ospiti salì un rumoroso brusio.

«Come procede l'indagine?» domandò un vecchio duca.

«Avete sbrogliato la matassa?» gli fece eco un

marchese. «Questa storia è troppo intrigante, ormai tutti vogliamo sapere la verità!»

«Intrigante?» ripeté Hauptmann incredulo.

«Molto più spassoso delle tue solite, ammuffite serate danzanti, vecchio mio!» esclamò un principe in tono allegro e irriverente. Altri ospiti scoppiarono a ridere divertiti.

Intanto Agatha, Larry e Watson erano saliti sul palco. Sulla piccola folla sottostante scese il silenzio. Ora tutti pendevano dalle labbra della giovane detective.

«Grazie per la pazienza e per l'attenzione» cominciò la ragazza. «Il problema è che per tutta la giornata abbiamo seguito la pista sbagliata. Cercavamo, e li abbiamo trovati, due ladri incaricati di rubare la Lacrima di Birmania... ma, in realtà, quella era solo una messinscena orchestrata dal vero colpevole. Un individuo in incognito che ha seguito gli eventi restando nell'ombra e manipolandoci tutti.»

Lo sguardo di Agatha spaziò sulla platea.

«L'uomo che ha fornito la copia falsa a Raphael de Guimaraes» elencò. «L'uomo che ha reclutato Erika Herzog. E, infine, lo stesso uomo che ha scritto al conte Bertrand quella lettera anonima che lo ha spinto a ingaggiare la Eye International!»

«Uh-oh, è vero!» esclamò Larry. «Non ci avevo pensato!»

«Sono certa che sia sempre la stessa persona» sorrise la cugina. «Un truffatore molto astuto che, come un regista teatrale, ha convocato guardie e ladri nello stesso luogo e poi ha dato il via alla messinscena che aveva architettato in modo geniale.»

«Ma di chi stai parlando?» chiese Hugo. «E soprattutto, perché ha agito così?»

«Il colpevole non è un ladro, bensì un falsario» scandì Agatha. «E il suo obiettivo, per quanto strano possa sembrare… era farsi pubblicità!»

8. Il falsario

Risatine incredule si levarono dal pubblico.

«Un falsario in cerca di pubblicità?» ripeté Larry. «Ma… ne sei certa?»

«Un furfante abilissimo» aggiunse lei. «Che in qualche modo sembra aver ereditato le capacità, il talento e i segreti di Jonathan Reiter, il geniale Maestro della contraffazione che si trova in prigione da quindici anni. Il nostro uomo pare essere intenzionato a ricontattare i vecchi, loschi clienti di Reiter, convincerli della propria abilità e ricostruire il redditizio giro d'affari di quel celebre criminale.»

La platea era sempre più sbalordita. Agatha sorrise.

«Vedo che molti di voi ricordano ancora il nome del famoso falsario» disse. «Del resto alcuni tra i presenti, anni fa, hanno avuto modo di collaborare con lui. Per esempio, lei, signor Zoltan, noto nell'ambiente per il suo traffico di opere d'arte rubate...»

Il nobile polacco divenne verde di rabbia.

«Sono solo pettegolezzi» cercò di difendersi.

«Oppure lei, signor Van Dike, sospettato di ordinare furti su commissione per aggiungere nuovi monili preziosi alla sua collezione di gioielli» proseguì lei implacabile.

«Non ti permetto di fare insinuazioni del genere, ragazzina!» si infiammò l'olandese.

«E ancora lei, signor McManus, noto alla polizia per il suo contrabbando internazionale di diamanti» concluse Agatha.

«Vi assicuro che non so di cosa sta parlando!» farfugliò il vecchio scozzese lanciando occhiate preoccupate agli altri nobili che lo fissavano.

«Molto probabilmente siete stati tutti clienti di Jonathan Reiter, anche se le forze dell'ordine non sono mai riuscite a trovare prove sufficienti per incastrarvi» riprese la giovane. «Certo, non posso escludere che, nascosti tra gli invitati alla festa, ci siano altri... "gentiluomini" implicati in altrettanti traffici loschi. Ma di una cosa sono abbastanza sicura: probabilmente tutti voi avete ricevuto di recente un messaggio anonimo che vi invitava a prestare attenzione a quello che sarebbe accaduto durante il Gran Ballo, ho indovinato?»

Van Dike si avvicinò all'uscita, ma fu prontamente raggiunto da Mr Kent, che con la sua mole massiccia bloccò il passaggio. Zoltan e McManus avevano abbassato la testa e mugugnavano mezze frasi confuse.

«Continuo a non capire, Agatha» si interrogò il conte Bertrand. «Dove vuoi arrivare? A cosa avrebbero dovuto prestare attenzione quei tre?»

«Alla dimostrazione di abilità di un falsario capace di competere con il talento del vecchio Reiter» rispose lei. «Un nuovo Maestro con cui avrebbero potuto mettersi in affari!»

Agatha rivolse un sorriso a Larry.

«Caro cugino, è stato grazie alle tue parole di poco fa che ho avuto questa intuizione» disse. «Dopotutto il colpevole aveva il tuo stesso obiettivo: farsi notare e fare bella figura davanti a una platea di potenziali, ottimi clienti.»

La ragazza infilò una mano in tasca, prese i due falsi collier e li mostrò a tutti.

«Ecco, dunque, il suo piano» spiegò. «Creare due copie quasi perfette di un celebre gioiello, così ben realizzate da trarre in inganno sia la polizia sia due ladri come Erika e Raphael, e inserire in ciascuna collana una specie di firma, un dettaglio molto evidente in grado di differenziarli, da un occhio attento, dall'originale.»

«Per dimostrare quanto è bravo a potenziali committenti presenti al ballo!» esclamò Larry.

Agatha annuì.

«È stato il falsario misterioso a contattare in incognito i ladri e a commissionare loro il furto della collana di Chloé» spiegò. «Ed è stato sempre lui ad avvertire

Bertrand del furto che sarebbe avvenuto. Il colpevole sapeva che il conte avrebbe preso provvedimenti ed era certo che almeno uno dei due ladri sarebbe stato preso con le mani nel sacco. Il nuovo Maestro contava, inoltre, che durante la festa qualcuno si sarebbe accorto, grazie ai piccoli dettagli inseriti volutamente nelle due copie, che i gioielli erano falsi.»

«Quindi tutto è andato secondo i suoi piani» commentò il cugino. «I suoi possibili clienti avrebbero riconosciuto una mano da artista degna del vecchio Maestro… e in poche settimane avrebbero cominciato a cercarlo!»

«Fandonie!» protestò Van Dike. «Non avete nessuna prova per dimostrare ciò che sostenete. Né per affermare che noi c'entriamo qualcosa!»

«A incastrarvi sarà la testimonianza del nuovo Maestro, quando sarà smascherato.»

«Il falsario si nasconderebbe in mezzo a noi?» domandò incredulo Hauptmann.

Di nuovo la folla iniziò a parlottare sconcertata.

«Naturalmente» rispose Agatha. «Stiamo parlando dell'uomo che si è intrufolato nel passaggio segreto al primo piano dell'ala est. Che ha sostituito la Lacrima originale con la prima copia. E che poi ha nascosto il gioiello rubato in un luogo in cui, ne era certo, nessuno avrebbe pensato di cercarlo. A quel punto, non avrebbe potuto lasciare il palazzo senza destare sospetti… inoltre penso che abbia preferito restare nei paraggi per controllare che il suo piano non incontrasse ostacoli.»

«Ma allora chi è quest'uomo?» incalzò qualcuno dalla platea.

«Si tratta di Joseph, uno degli assistenti del falegname Schmidt» scandì la ragazza. «O, se vogliamo essere ancora più precisi… di Joseph Reiter, il nipote di Jonathan, il Maestro originale!»

I tre falegnami, che per tutto il tempo erano rimasti un po' in disparte in un angolo del salone, si ritrovarono almeno cento occhi puntati su di loro. Schmidt, sbalordito, squadrò il suo assistente.

«Ma cosa sta dicendo, Joseph?»

«Non ne ho la più pallida idea, capo!» esclamò il giovane.

«È Joseph il responsabile del furto della Lacrima originale» rispose Agatha senza battere ciglio. «Sappiamo che i tre falegnami si occupano da anni dei lavori di manutenzione del palazzo. Ne conoscono la planimetria e quindi è molto probabile che conoscano anche i passaggi segreti nascosti al piano superiore.»

«Be', certo, ne siamo al corrente» ammise Schmidt. «Ma questo cosa c'entra?»

«Inoltre, gli orari coincidono» continuò lei. «Quando Chloé si è ritirata nella sua stanza per schiacciare un pisolino, i tre lavoranti erano in pausa. Uno di loro avrebbe potuto approfittare di quel frammento di tempo per sgattaiolare al piano superiore, infilarsi tra i muri, raggiungere la camera e commettere il misfatto.»

«Sì, ma perché proprio io?» si lamentò Joseph.

«Ho avuto modo di osservare le sue mani, poco fa» rispose la ragazza. «Oltre alle tracce di marmellata che la scagionavano dal furto commesso da Erika, ho notato un altro dettaglio: tracce di polvere e ragnatele sulle sue dita. Così mi sono domandata in che modo e dove le sue mani avrebbero potuto sporcarsi in questo palazzo tirato a lucido… Quando, però, ho visto il cunicolo tra le pareti, pieno di ragnatele spezzate dal passaggio di un intruso, ho capito che era stato lei a usare il corridoio segreto per raggiungere la stanza della contessina.»

«E così, Joseph sarebbe il nipote del Maestro?» intervenne Larry. «E come hai fatto a intuirlo?»

Agatha iniziò a camminare su e giù per il palcoscenico.

«Tanto per cominciare, chiunque volesse ripetere le gesta di Jonathan Reiter, doveva conoscere bene la sua strepitosa carriera criminale» rifletté. «Chi meglio di un parente stretto? Un figlio o, magari, un nipote? Inoltre, quando ho osservato le foto di Jonathan sull'EyeNet, mi sono resa conto di una certa somiglianza tra lui e il giovane Joseph.»

La ragazza si bloccò e passò di nuovo in rassegna la platea ammutolita.

«Infine, per conferma, poco fa ho chiesto all'ispettore Weber di cercare qualche informazione sulla famiglia del Maestro» concluse. «Volete sapere cosa è emerso? Ebbene, Jonathan Reiter aveva un solo discendente in Austria: per essere precisi, un nipote residente a Vienna.»

Sul volto di Joseph era comparsa un'espressione livida.

«State dicendo assurdità» sibilò. «Mai sentito parlare di questo Maestro!»

«Ah no? Hai preso una botta in testa e ti sei dimenticato di me, caro nipote?»

La voce risuonò imperiosa nel salone, e tutti si voltarono verso l'ingresso. Sulla porta erano comparsi l'ispettore Weber e due poliziotti. Stavano scortando un uomo in manette, con il volto rotondo e una barbetta bianca e curata.

«Quello… è Jonathan Reiter, il Maestro!» esclamò Hauptmann.

«In carne e ossa!» sorrise Agatha. «Ho chiesto a Weber di prelevarlo dal carcere in cui ha quasi finito di scontare la sua pena e portarlo sulla scena del crimine, per aiutarci a identificare il colpevole.»

Il volto di Joseph era sempre più terreo. Il nonno gli scoccò un'occhiata furente.

«Ricordo che fin da piccolo avevi talento come orafo» scandì severo. «Hai ritrovato il mio laboratorio, che nemmeno la polizia ha mai scoperto, vero? E i miei vecchi strumenti di lavoro, i diari contenenti le mie annotazioni e, soprattutto, la lista dei miei vecchi clienti. Dopo anni di studio, hai appre-

so tutti i segreti del mestiere del falsario e ora vuoi dimostrare a tutti il tuo valore. Ma sei ancora in tempo per fermarti. Confessa e rinuncia al tuo piano: il crimine non paga, io ne so qualcosa!»

«Stupidaggini!» strillò Joseph. «È vero, quel vecchio è mio nonno, ma voi non potete accusarmi solo per questo. O per un po' di polvere e ragnatele sulle mie mani: non avete nessuna prova concreta contro di me!»

«Il fatto che sulle sue mani ci fossero polvere e ragnatele raccolte nel passaggio segreto, mi suggerisce un'altra cosa» intervenne Agatha. «Era così sicuro della riuscita del suo piano, che quando ha sostituito la Lacrima di Birmania con la prima delle due copie che aveva realizzato, non si è nemmeno preoccupato di usare dei guanti, ho indovinato?»

Il giovane falegname si irrigidì.

«Se troveremo le sue impronte digitali quando avremo recuperato il collier, avremo la certezza che la mia teoria è corretta» dichiarò Agatha.

«Già, appunto, che fine ha fatto il collier originale?» domandò Chloé.

La giovane investigatrice sollevò un braccio e indicò un punto del parquet: l'ultima zona in cui quel pomeriggio i falegnami avevano posato le assi.

«Sono certa che sia murato lì, in un luogo in cui nessuno avrebbe potuto trovarlo. Del resto, lo scopo di Joseph non è mai stato quello di portare la Lacrima all'esterno. Gli bastava nasconderla, dato che non voleva rubarla, ma dimostrare solo il suo talento!»

Hauptmann fece un cenno a Franz, che scattò fuori dal salone.

Dopo pochi minuti era di ritorno, armato di un piede di porco. Il capo della servitù lo affondò tra le assi nel punto indicato da Agatha e con poco sforzo riuscì a scardinarle. I nobili più vicini al foro sul pavimento si raggrupparono in cerchio e dopo un istante dal gruppetto parti un "oooh" di stupore.

Chloé de Reginard si era chinata sull'apertura, e

quando sollevò le mani tutti gli invitati videro che reggeva la Lacrima di Birmania.

La ragazza se la riallacciò al collo e sorrise.

Joseph Reiter invece abbassò la testa, sconfitto.

«Avete ragione» mormorò. «Il mio piano era proprio quello di ricominciare l'attività di falsario del nonno. Volevo dimostrare al mondo intero che sarei stato un artista della truffa ancora più abile di lui...»

Epilogo: Missione compiuta

Il mattino seguente un pallido sole aveva fatto capolino tra le nuvole regalando agli abitanti di Vienna e ai turisti la voglia di uscire per le strade o recarsi al Prater, il più celebre parco pubblico della città. Coppiette di innamorati camminavano a braccetto nei viali innevati, mentre i visitatori curiosavano fra le bancarelle che offrivano tè e cioccolata bollente o si esibivano in piroette su una pista da pattinaggio su ghiaccio.

Agatha, Larry, Mr Kent, Watson e Hugo avevano approfittato della bella giornata per salire sulla Riesenrad, la celebre ruota panoramica del parco. Dopo qualche minuto la cabina rossa in cui si erano

sistemati era dolcemente salita fino all'altezza di sessantacinque metri. Agatha si affacciò da uno dei finestrini.

«Mi sarebbe piaciuto avere un po' più di tempo per visitare Vienna» sorrise la ragazza. «Ma in questo modo potrò almeno dire di avere ammirato la sua bellezza con una sola occhiata!»

Lo spettacolo, da lassù, era magnifico: nella limpida aria invernale i palazzi più moderni si stagliavano accanto a quelli antichi, del tempo in cui la città era capitale di un maestoso impero.

«Abbiamo passato la notte in bianco» disse. «Come fai a essere così vispa?»

Dopo che la Lacrima era stata recuperata, la polizia aveva preso in consegna i due ladri e naturalmente anche Joseph Reiter. Il falsario aveva confessato tutto. Compresi i nomi dei potenziali clienti che aveva contattato.

«E così gli agenti hanno arrestato anche quei tre» ricordò Hugo. «L'ispettore Weber ci aveva visto giusto: Zoltan, Van Dike e McManus, messi alle strette, hanno deciso di collaborare alle indagini.»

«Quei tre nobilastri da strapazzo» fece Larry con una smorfia. «Scommetto che anche stavolta riusciranno a farla franca grazie al denaro e alle loro amicizie… ma almeno il vero collier è stato recuperato e per un po' quei tre righeranno dritto. Persino Hauptmann non sembrava essere troppo arrabbiato per lo scompiglio che abbiamo creato.»

«Vuoi scherzare?» rise il giovane pasticciere. «Il barone era entusiasta, la sua festa si è rivelata un successone!»

«I nobili… non li capirò mai» borbottò il giovane detective.

Gli invitati al Gran Ballo si erano divertiti un mondo a partecipare a una serata così originale e palpitante, così diversa dalle altre. Prima di lasciare il palazzo, molti si erano complimentati con il padrone di casa.

«Qualcuno ha persino suggerito, per l'anno prossimo, una vera e propria "serata con delitto"» scherzò Agatha. «Una di quelle in cui tutti gli invitati devono collaborare per risolvere una serie di enigmi e misteri inventati.»

Intanto, la ruota panoramica aveva finito il suo lento giro e la cabina era tornata a terra. Appena i detective scesero dalla giostra, notarono una figura incappucciata che si stava sbracciando verso di loro.

«Uh-oh, chi è quella?» si stupì Larry.

Watson fu il primo a riconoscere la nuova arrivata, e subito corse a strusciarsi sui suoi talloni. Il giovane detective si sistemò il ciuffo.

«Chloé, sei tu!» esclamò. «Imbacuccata così sei irriconoscibile!»

La ragazza indossava un paio di jeans, aveva i capelli legati con un elastico e portava una felpa con cappuccio dei Lemmings, la rock-band del momento.

«Sono sgattaiolata via da Villa Hauptmann» confessò con un sorriso astuto. «Ogni tanto mi piace muovermi in incognito e comportarmi come una ragazza normale. Non potevo lasciarvi partire senza salutarvi e ringraziarvi.»

«Molto gentile da parte sua» disse Mr Kent con un inchino.

«Via, non essere così formale» rise lei facendo un grattino a Watson. «Mi comporto come una perfetta smorfiosa solo quando c'è qualche amico di mio padre nei paraggi... chissà, forse un giorno riuscirò a rivelare alla mia famiglia chi sono realmente.»

«Lo spero!» esclamò Larry. «Sei in gamba, è giusto che lo sappiano tutti!»

La ragazza lo fissò con un'espressione solenne.

«Larry, devo ringraziarti per la tua pazienza» dichiarò. «Tra l'altro voglio confessarti una cosa: sei davvero un ottimo ballerino di valzer, sai? Se non fosse stato per quelle scarpette, avremmo fatto un figurone. Però è stato divertente: ricordi com'ero rossa in faccia quando ti stavo sgridando dopo la tua figuraccia sulla pista?»

«Come potrei dimenticarlo?» ghignò lui. «Nemmeno mia madre o UM60 mi fanno certe lavate di testa. Eri paonazza come un pomodoro.»

«In realtà stavo per scoppiare a ridere davanti a tutti» disse lei. «Quella scena era troppo buffa!»

«A proposito, Larry, che ne è stato del tuo saggio di danza previsto per questa sera?» chiese Agatha.

Il ragazzo sobbalzò: «Per la barba della Regina, l'avevo dimenticato!»

Poi estrasse l'EyeNet e controllò freneticamente la chat dei compagni di corso. Man mano che scorreva i messaggi, sul suo volto si allargò un sorriso trionfante.

«Non ci credo... Anche se ho piantato tutti in asso, Miss Stepping mi ha comunque lasciato un posto in prima fila» esultò.

«Il nostro volo parte oggi alle diciotto e trenta» considerò Mr Kent. «Atterreremo a Luton alle otto e lo spettacolo comincerà alle nove. Ha tutto il tempo per raggiungere il teatro e unirsi ai suoi compagni.»

Ringalluzzito, Larry fece schioccare i tacchi delle sue scarpe sulla ghiaia del sentiero. Chloé gli dedicò un piccolo applauso.

«Sì, ce la posso fare!» esultò afferrando il dispositivo in titanio. «Ora contatto i ragazzi e gli dico di tenersi pronti, perché stasera faremo scintille. Io e Ginger Kelly balleremo fianco a fianco… il mondo intero vedrà di che pasta siamo fatti!»

Ma proprio in quel momento l'EyeNet cominciò a trillare.

Sul video comparve il volto di UM60.

«LM14, com'è andata l'indagine?» si affrettò a chiedere. «Spero che tu non abbia combinato uno dei tuoi soliti disastri, o dovrai vedertela con me.»

«Missione compiuta con pieno successo, capo» dichiarò lui con orgoglio. «È stato un caso davvero intricato: due ladri, un famoso falsario, un gruppo di loschi trafficanti… una matassa difficile da sciogliere.»

«Molto bene» si compiacque l'insegnante. «Ora sono occupato, ma questa sera mi farai un lungo, dettagliato rapporto in videoconferenza. Ti ricontatterò alle nove in punto: guai a te se non ti trovo. A più tardi!»

«Alle nove?» balbettò Larry. «Ma è impossibile, questa sera ho un impegno e...»

Ma la comunicazione era già stata interrotta. Larry, impietrito, fissava il video spento.

Agatha gli mise una mano sulla spalla.

«A quanto pare, il mondo dovrà aspettare ancora un po' per conoscere il tuo talento da ballerino di tip-tap» lo consolò. Poi aggiunse divertita: «Però puoi consolarti, hai sentito cos'ha detto prima Chloé? Non te la cavi male con il valzer... e se fosse quello il tuo vero talento?»

Indice

Agatha Mistery

1. L'ENIGMA DEL FARAONE
2. LA PERLA DEL BENGALA
3. LA SPADA DEL RE DI SCOZIA
4. FURTO ALLE CASCATE DEL NIAGARA
5. OMICIDIO SULLA TOUR EIFFEL
6. IL TESORO DELLE BERMUDA
7. LA CORONA DEL DOGE
8. MISSIONE SAFARI
9. INTRIGO A HOLLYWOOD
10. CROCIERA CON DELITTO
11. IL RITRATTO SENZA NOME
12. INDAGINE A GRANADA
13. SFIDA SULLA TRANSIBERIANA
14. CACCIA AL TESORO A NEW YORK
15. IL SEGRETO DI DRACULA
16. DESTINAZIONE SAMARCANDA
17. OPERAZIONE GIUNGLA
18. COMPLOTTO A LISBONA
19. SULLE TRACCE DEL DIAMANTE
20. TRAPPOLA A PECHINO
21. RAPINA SUL MISSISSIPPI
22. DOPPIO INGANNO A OXFORD

FESTA IN GIALLO A MISTERY HOUSE (*EDIZIONE SPECIALE*)

23. IL CODICE DEI LADRI
24. VENDETTA SUL MONTE FUJI

GIRO DEL MONDO IN CINQUE MISTERI (*EDIZIONE SPECIALE*)

25. IMPREVISTO A BARCELLONA

PAURA AL MISTERY HOTEL (*EDIZIONE SPECIALE*)

26. PERICOLO AI TROPICI

L'ISOLA FANTASMA (*EDIZIONE SPECIALE*)

27. CRIMINE A VIENNA

I MISTE

1
Zia Melania
2
Zio Raymond
3
Nonno Godfrey
4
Scarlett
5
Gaspard
6
Zio Conrad
7
Marco
8
Haida
9
Zio Bud
10
Zio Samuel
12
Zio Manuel
13
Zio Jack
Zio Algerr
3
22
19
5
25
18
12
4
14
9
21
6
17